Wie man seine voll verkorksten Eltern erzieht

Bibliografische Information der Deutschen Nationalbibliothek
Die Deutsche Nationalbibliothek verzeichnet diese Publikation in der Deutschen Nationalbibliografie; detaillierte bibliografische Daten sind im Internet über http://d-nb.de abrufbar.

Titel der Originalausgabe: How to train your Parents
Die Originalausgabe ist 2003 im Verlag
Random House Children's Books (Corgi Books) erschienen

Text: Pete Johnson
Übersetzung: Maja von Vogel
Covergestaltung und Innenvignetten: Alexander von Knorre

ISBN 978-3-8458-1425-4

www.arsedition.de

PETE JOHNSON

Wie man seine voll verkorksten Eltern erzieht

Aus dem Englischen von
Maja von Vogel

arsEdition

Mit herzlichem Dank für Jan, Linda, Rubin, Adam, Harry, Bill Bloomfield und Allison Beynon.

Inhalt

Herzlich willkommen in Streber-City!

Montag, 7. Januar

Wo bin ich hier bloß gelandet?

Hatte heute meinen ersten Tag an der neuen Schule. Wurde von einem mottenzerfressenen, alten Kauz empfangen, der sich als Schuldirektor ausgab. Er ist ungefähr hundertacht Jahre alt, hat gewaltige, zusammengewachsene Augenbrauen und eine sehr feuchte Aussprache. War nach dem Gespräch völlig durchnässt und musste mir erst mal das Gesicht abtrocknen.

Der Typ erzählte mir viermal, wie glücklich ich mich schätzen könnte, seine Schule besuchen zu dürfen. Leider hat er die ganze Zeit meinen Namen falsch ausgesprochen. Ich heiße Luis, und das spricht man Lu-is aus und nicht Lo-is, wie er es getan hat. Aber ich sagte lieber nichts. Seine zusammengewachsenen Augenbrauen schüchterten mich etwas ein.

Als Nächstes lernte ich meinen Klassenlehrer Mr Wormold kennen, einen hinterhältigen Kerl mit Pottschnitt. Er sagte, er hoffe, dass ich der Schule alle Ehre machen würde. Aber dabei machte er ein Gesicht, als würde er das stark bezweifeln.

Dann stellte er mich der Klasse vor. Alle gafften mich an, den Jungen mit dem Eierkopf und den braunen Haaren, die in alle Richtungen abstanden. Das machte mich ziemlich nervös. Und immer, wenn ich nervös bin, fange ich an, mit australischem Akzent zu reden.

Also begrüßte ich meine neuen Mitschüler mit einem fröhlichen »Hi, Leute, was machen die Kängurus?«. Ich klang wie ein waschechter Australier, aber die anderen starrten mich nur schweigend an.

Ich setzte mich neben einen Jungen namens Theo. Wir hatten uns schon einmal kurz am Tag unseres Umzugs gesehen. Er wohnt in einem klotzigen Haus am anderen Ende der Straße.

Theo fragte mich, ob ich wirklich Australier sei.

»Nur vormittags«, antwortete ich, doch auf Theos Gesicht erschien nicht mal der Ansatz eines Lächelns.

Ich schaute mich ein bisschen in der Klasse um, und mir fiel sofort auf, dass es hier keine Mädchen gab. (Bin ein ziemlich guter Beobachter, was?!) Obwohl ich die meisten Mädchen blöd finde, fehlt mir ihr Anblick jetzt irgendwie. Außerdem sind in meiner Klasse nur zwanzig Schüler, und das ist eindeutig zu wenig. In meiner alten Klasse waren wir fast doppelt so viele.

In der ersten Stunde hatten wir Englisch. Der Lehrer gab Aufsätze zurück, die die anderen vor den Weihnachtsferien geschrieben hatten. Die Spannung stieg bis ins Unerträgliche. Es war fast so, als ob gleich verkündet wird, wer den Lotto-Jackpot geknackt hat.

In der Pause klingelte Theos Handy. Und wer war dran? Sein

Vater! Er wollte wissen, wie Theo abgeschnitten hatte. Theo hatte den besten Aufsatz der ganzen Klasse geschrieben. Eine Eins minus.

»Das bringt Dad bestimmt zum Lächeln«, sagte Theo stolz.

Wenn mein Vater mich in der Schule anrufen würde, würde ihm das Lächeln schnell vergehen, so viel ist sicher.

Nach der Schule sauste Theo sofort los, weil er noch zum Waldhorn-Unterricht musste. Fast alle aus meiner Klasse rannten so schnell sie konnten zu irgendwelchen schrecklich langweiligen Nachmittagskursen.

Bin ich hier etwa in Streber-City gelandet, liebes Tagebuch?

Dienstag, 8. Januar

Vorteile unseres Umzugs:

1) In meinem neuen Zimmer riecht es nicht mehr so komisch nach altem Käse. Ich habe jetzt nämlich ein eigenes Zimmer, das ich mir nicht mehr mit diesem blöden, weinerlichen Zwerg namens Elliot teilen muss.

2) Das war's auch schon.

Nachteile unseres Umzugs:

1) Niemand hat mich nach meiner Meinung gefragt. Letzten November verkündeten meine Eltern einfach, dass wir in die Nähe von London ziehen, weil Dad aus heiterem Himmel ein neuer Job angeboten worden war.

»Das ist die Chance meines Lebens«, sagte er und fügte hinzu: »In meinem fortgeschrittenen Alter sowieso.« Das sollte wohl ein Witz sein.

Damit war die Sache entschieden. Dad fragte mich nicht mal, ob es mir was ausmacht, Hunderte von Kilometern weit weg zu ziehen.

2) Ich habe in unserem alten Haus mein ganzes bisheriges Leben verbracht (immerhin zwölf Jahre) und wäre viel lieber dort geblieben.

3) Mal ganz davon abgesehen, dass ich all meine Freunde zurücklassen musste.

4) Jeder Tag an meiner neuen Schule kommt mir so lang vor wie dreihundert Jahre.

5) Da ist sogar das Lachen verboten.

6) Ich bin bloß deshalb auf dieser Schule gelandet, weil Dads neuer Chef mit jemandem aus der Schulleitung befreundet ist. Das hab ich letztens zufällig mitbekommen, als meine Eltern sich darüber unterhielten. Aber sie wissen nicht, dass ich es weiß.

7) Ich fühle mich verdammt einsam.

8) Bin zu deprimiert, um noch mehr Punkte aufzulisten.

Mittwoch, 9. Januar

Unsere neuen Nachbarn sind echt das Letzte. Heute Nachmittag hab ich im Garten ein bisschen Fußball gespielt. Da rief doch tatsächlich gleich die Frau von nebenan an und beschwerte sich über den Lärm. Sie sagte, ich würde Olympia beim Lernen stören.

Olympia ist gerade mal fünf Jahre alt!

Donnerstag, 10. Januar

Theo ist ein richtiger Waschlappen.

Er sieht immer so aus, als hätten ihn seine Eltern gerade gewaschen und gebügelt. Okay, dafür kann er nichts. Aber warum muss er die ganze Zeit mit so einer leisen Flüsterstimme reden? Außerdem nimmt er alles todernst und hat kein bisschen Sinn für Humor. (Mit anderen Worten: Er lacht nicht über meine Witze.)

Ein paar von den anderen Jungs aus meiner Klasse sind ganz in Ordnung. Aber alle hier machen irgendwie einen total verängstigten, nervösen und deprimierten Eindruck. Als ob die Schule alle Lebensfreude aus ihnen herausgesaugt hätte. Na, das soll sie bei mir lieber gar nicht erst versuchen!

Freitag, 11. Januar

Habe heute in Bio meine ersten Hausaufgaben zurückbekommen. Sofort flüsterte Theo mir ins Ohr: »Und, was hast du?« Es klang so, als ob das echt wichtig für ihn wäre.

Ich hatte eine Vier, keine große Sache also, darum hab ich's ihm gesagt. Theo konnte sich ein leichtes Lächeln nicht verkneifen.

Später beobachtete ich ihn dabei, wie er meine Note hinten auf sein Heft schrieb. »Warum machst du das?«, fragte ich.

Er wurde knallrot und antwortete: »Für meine Mutter. Sie wollte unbedingt wissen, wie gut du in der Schule bist.«

Vielleicht sollte seine Mutter gleich die ganze Wahrheit erfahren. Eigentlich bin ich nämlich ganz zufrieden mit einer Vier. An meiner alten Schule hatte ich auch nie besonders tolle Noten. Alles in allem bin ich ein eher durchschnittlicher Schüler. Vielleicht liege ich in Rhetorik und Englisch etwas über dem Durchschnitt (obwohl meine Rechtschreibung echt miserabel ist). In den richtig fiesen Fächern wie Französisch und Mathe bin ich dafür ein bisschen schlechter. Bis jetzt waren meine Eltern immer halbwegs zufrieden mit meinen Zeugnissen. Die Lehrer fanden zwar meistens, ich würde zu viel quatschen, aber irgendwie mochten sie mich trotzdem.

Außerdem ist mir das alles sowieso ziemlich egal, weil gute Noten für meinen Traumberuf absolut unwichtig sind. Ich will nämlich Komiker werden. Kein Witz! Okay, du kannst ruhig lachen. Es gibt nämlich nur eine einzige Sache auf der großen, weiten Welt, die ich richtig gut kann: Leute zum Lachen bringen.

Schon mit zwei Jahren habe ich meine Oma und meine Tanten unterhalten. Ich sang alberne Lieder, und als ich etwas älter wurde, erzählte ich auch noch alberne Witze und machte Leute aus dem Fernsehen nach. Meine Oma lachte Tränen und nannte mich einen »kleinen Racker«. Meine Mutter schwor, sie wisse nicht, von wem ich das habe, und ich war einfach nur total glücklich und stolz.

Auch in der Schule war ich immer der Klassenclown, der mit seinen dummen Sprüchen für Abwechslung sorgt. Wenn eine Stunde besonders langweilig war, schauten irgendwann alle zu mir rüber, damit ich ein bisschen Leben in die Bude brachte.

Dann hab ich letztes Jahr bei dieser Talentshow für Kinder mitgemacht. Es gab dreiundzwanzig Kandidaten, und der Gewinner war … ICH. Ehrlich, ich kann's beweisen, die Urkunde hängt über meinem Bett.

Ich hatte irres Lampenfieber, als ich zum ersten Mal auf die Bühne ging. Mein Herz klopfte wie verrückt, ich schwitzte wie ein Schwein … und fing plötzlich an, mit australischem Akzent zu reden.

Bin mir immer noch nicht sicher, ob die Leute über meine Witze oder über den schrecklichen Akzent gelacht haben. Aber wichtig war nur, dass sie überhaupt lachten. Plötzlich war das Lampenfieber wie weggeblasen und ich hätte noch stundenlang weitermachen können. Es war wie ein Rausch. Und eindeutig der beste Moment in meinem ganzen Leben.

Samstag, 12. Januar

Heute Abend waren wir bei Theos Familie eingeladen.

Wir liefen zu ihrer protzigen Villa am anderen Ende der Straße und Theos Vater öffnete die Tür.

»Alle Mann an Bord!«, brüllte er. Theos Dad ist kahl wie eine Billardkugel und sehr dick. Er griff nach meiner Hand und hörte gar nicht mehr auf, sie zu zerquetschen.

»Hallo, Mr Guerney«, quiekte ich.

Er schüttelte heftig den Kopf und verkündete: »Wir legen hier keinen großen Wert auf Förmlichkeiten. Ich heiße Mike und das ist Penny.«

Penny (Theos Mutter) lief in schwarzen Hosen mit Blümchenmuster herum. Bei jeder ihrer Bewegungen klimperte es wie verrückt, weil sie so viele Armbänder trug. Sie sagte, es sei jede Menge zu essen da und wir sollten alle ordentlich zulangen. Dann reichte sie Teller herum, die so klein wie Kontaktlinsen waren.

Nach dem Essen gab es eine unerwartete Darbietung: Theo spielte Klavier. Bevor er anfing, warf er mir einen schnellen Blick zu und wurde ein bisschen rot. Dann erzählten uns Mike und Penny von Theos vielfältigen musikalischen Begabungen. Danach berichteten sie ausführlich von Theos zahlreichen anderen Talenten. Aber inzwischen gähnte ich schon so laut, dass ich nicht mehr alles mitbekam.

Anschließend sollte Theos Schwester Libby etwas zu unserer Unterhaltung beitragen. Sie ist erst sechs, also genauso alt wie Elliot (wie Mum später Dad zuflüsterte), aber sie konnte trotzdem die Namen aller englischen Könige und Königinnen von 1066 bis heute auswendig aufsagen.

Schließlich fragte Mum: »Wie haben eure Kinder es bloß geschafft, in ihrem Alter schon solche Leistungen zu vollbringen?«

»Ganz einfach, die beiden haben Gehirne wie Schwämme«, rief Mike. »Sie saugen permanent Wissen auf. Aber das ist noch nicht alles ...« Er sah Penny an.

Penny winkte uns, ihr in die Küche zu folgen. Dort hing ein Plan an der Wand, auf dem alle Nachmittags-Aktivitäten von Theo und Libby eingetragen waren: Musikschule, Kunsterziehung, Schach und andere ähnlich furchtbare Beschäftigungen.

»Es ist manchmal ganz schön anstrengend, bei so vielen Terminen den Überblick zu behalten«, sagte Penny. »Man muss gut organisiert sein, um immer zur richtigen Zeit am richtigen Ort zu sein und die richtigen Sachen dabeizuhaben. Aber wir wollen auf keinen Fall, dass unsere Kinder auch nur eine Sekunde ihrer Zeit nutzlos verplempern.«

Mum und Dad starrten den Plan mit vor Erstaunen weit

aufgerissenen Augen an. Dann verkündete Elliot, er habe heute eine Geschichte geschrieben.

»Oh, wie schön, erzähl uns doch davon, mein Kleiner«, gurrte Penny.

»Also, es geht um einen Mann, der sich von Popeln ernährt«, fing Elliot an.

Ich schaute zu Mum hinüber und sah, dass sie krampfhaft versuchte, nicht zu lächeln. Kurze Zeit später wankten wir alle wieder nach Hause. Und werden hoffentlich nie mehr an diesen schrecklichen Ort zurückkehren.

Sonntag, 13. Januar

Die schlimmste Eigenschaft meines Vaters:

Er hat kein bisschen Rhythmusgefühl. Das wäre ja an und für sich noch kein Drama, wenn er auf Partys und Hochzeiten nicht immer unbedingt tanzen müsste. Und das in seinem fortgeschrittenen Alter! Einmal hat er sogar mitten in einem Kaufhaus angefangen, Luftgitarre zu spielen. Es wurde gerade irgendein Hit aus dem siebzehnten Jahrhundert gespielt, den Dad wiedererkannt hatte. Also fing er an, wie ein Verrückter herumzuhüpfen, ohne sich darum zu kümmern, dass ich direkt neben ihm stand. Später erzählte er mir, er habe als Teenager eine Weile in einer Band gespielt. Ich kriegte vor lauter Staunen den Mund nicht mehr zu.

Die schlimmste Eigenschaft meiner Mutter:

Manchmal dreht sie total durch. Leider weiß man vorher nie, wann sie den nächsten Anfall bekommt. Das letzte Mal hab ich gerade unschuldig vor dem Fernseher gesessen, als sie plötzlich auftauchte und schimpfte: »Warum siehst du dir so einen Mist an? Hast du nichts Besseres zu tun?«

So ging es ein paar Minuten weiter. Aber ich blieb ganz ruhig und versuchte, nicht die Geduld zu verlieren. Nach einer Weile beruhigte sie sich wieder und verschwand, sodass ich ungestört weiter fernsehen konnte.

Was lernen wir daraus?

Nachdem ich einen Abend lang gezwungen war, das bescheuerte Verhalten von Mike und Penny zu ertragen, muss ich zugeben, dass meine Eltern eigentlich gar nicht so übel sind.

Ich meine, Mike und Penny lassen ihre Kinder echt keine Sekunde in Ruhe. Kannst du dir vorstellen, die beiden Tag für Tag ertragen zu müssen? Nein, liebes Tagebuch, versuch lieber gar nicht erst, dir das vorzustellen. Davon bekommst du nur Albträume.

Montag, 14. Januar

Habe für Mum eine Tafel Nussschokolade mit Früchten gekauft (das ist ihre Lieblingssorte). Die gibt's gerade im Sonderangebot, darum hab ich ihr eine mitgenommen. Sie war total gerührt, und bevor ich wusste, was los war, drückte sie mir einen dicken, feuchten Kuss auf die Wange. Ausnahmsweise wehrte ich mich nicht und umarmte sie sogar kurz.

Als Dad heute Abend nach Hause kam, fragte er mich, ob ich denn schon die Lebensdaten aller englischen Könige und

Königinnen von 1066 bis heute auswendig gelernt hätte. Seine Stimme klang vollkommen ernst. Erst als ich das leichte Funkeln in seinen Augen entdeckte, wusste ich, dass er nur Spaß machte.

»Mann, einen Moment lang hast du mir echt Angst eingejagt«, sagte ich und Dad prustete los.

Dienstag, 15. Januar

Heute hat mich Mr Wormold nach der Stunde zu sich gerufen, um mir mitzuteilen, dass mein äußeres Erscheinungsbild »eine einzige Katastrophe« sei. Dann erklärte er mir in allen Einzelheiten, was er damit meinte, angefangen bei meinem Krawattenknoten (der offenbar zu klein ist). Ich konnte es kaum fassen, dass ich mir Modetipps von einem Mann anhören musste, der seine Hose bis unter die Achseln hochzieht. Zum Glück kann ich jeder Situation etwas Komisches abgewinnen.

Als er fertig war, sagte ich: »Herzlichen Dank, Euer Hochwohlgeboren.«

Die meisten meiner früheren Lehrer hätten über diesen Spruch gelächelt. Wormold nicht. Er blies sich nur auf wie ein Luftballon und sagte: »Wir haben bisher viel Nachsicht mit dir gehabt, aber nun ist unsere Geduld erschöpft.« (Die letzten Worte ließ er sich richtig auf der Zunge zergehen.)

Irgendwie hab ich das dumme Gefühl, er mag mich nicht besonders!

Mittwoch, 16. Januar

Die Frau von nebenan, Mrs Reece, war gerade hier und hat sich wieder über mich beschwert. Diesmal hatte ich im Garten zu laut gehustet oder irgendetwas in der Art. Ich sag's dir, hier wohnen nur Nörgler und Meckerziegen – und am liebsten meckern sie offenbar über mich.

Aber Mum versuchte trotzdem, nett zu unserer Nachbarin zu sein, und bot ihr eine Tasse Tee an. Mrs Reece saß seufzend in unserer Küche und jammerte darüber, wie stressig es sei, Olympia ständig zu irgendwelchen Musikstunden, dem Kunstunterricht, dem Schwimmtraining und wieder zurück kutschieren zu müssen.

»Und sosehr man sich auch anstrengt, man hat trotzdem immer das Gefühl, dass man noch mehr tun könnte, nicht wahr?«, sagte sie. Dann seufzte und jammerte sie weiter.

Ich flüchtete nach oben und feilte an meiner Wormold-Imitation. Das ist sozusagen mein kleiner persönlicher Rachefeldzug. Es hat eine Weile gedauert, bis ich seine Stimme richtig hinbekommen habe, aber jetzt klappt es echt gut. Eine nahezu perfekte Imitation, wenn ich das so sagen darf. Wormold, wie er leibt und lebt.

Donnerstag, 17. Januar

Hab heute Abend mein Zimmer ein bisschen verschönert. An jeder Wand hängen nun Poster von genialen Comedy-Figuren aus meinen Lieblingsserien. Denn so richtig zu Hause fühlt man sich doch erst, wenn man seinem Zimmer eine gewisse persönliche Note gegeben hat. Stimmt's oder hab ich recht?

Jetzt muss ich nur über meine Türschwelle treten, und schon befinde ich mich in meinem eigenen kleinen Reich des guten Humors.

Freitag, 18. Januar

Heute bei der Schulversammlung ist etwas ziemlich Dummes passiert.

Der Direktor hielt uns eine stundenlange Strafpredigt, weil wir angeblich zu viel Krach machen, wenn wir in den Pausen die Räume wechseln. Er schimpfte immer weiter über den Lärmpegel auf den Schulfluren, bis ich Theo schließlich zuflüsterte: »Mein Fuß ist eingeschlafen, und ich glaube, ich lege mich gleich dazu.«

Zu meinem großen Erstaunen stieß Theo ein Lachen aus. Es klang allerdings mehr wie eine Art Jaulen. Theo sah auch ziemlich überrascht aus und wurde knallrot.

Endlich hatte ich es geschafft, Theo zum Lachen zu bringen! Ich wäre sehr zufrieden mit mir gewesen, wenn der Direktor nicht plötzlich mit seinem Gequatsche aufgehört und mich angestarrt hätte. Dann zeigte er mit einem seiner langen, runzligen Finger auf mich, und mir wurde klar, dass er dachte, ich hätte dieses merkwürdige Jaulen von mir gegeben. Aber ich konnte ihm schließlich schlecht die Wahrheit sagen, oder? Also musste ich die Aula verlassen und vor der Tür zu seinem Gruselkabinett auf ihn warten.

Nach der Versammlung hielt er mir einen stundenlangen Vortrag darüber, wie schlecht ich mich hier eingeführt hätte und dass dies eine Schule mit hohen Anforderungen sei. Während er redete, kam er mit seiner hässlichen Visage ganz nah an mein Gesicht, sodass ich einen ordentlichen Sprühregen abbekam. Außerdem hatte er furchtbaren Mundgeruch. Ich war kurz davor, ihn zu bitten, ein bisschen mehr Abstand zu halten, weil sonst mein Gesicht anfangen würde zu faulen. Es sollte wirklich verboten werden, dass jemand mit so einem Mundgeruch Schuldirektor werden darf. Das verstößt doch bestimmt gegen irgendwelche Hygiene- oder Sicherheitsvorschriften.

Als ich schließlich aus seinem Büro wankte, unkte er: »Ich werde dich im Auge behalten!«

Aber solange er mir nicht noch einmal seinen schlechten Atem ins Gesicht bläst, ist mir das echt egal.

Samstag, 19. Januar
18.30 Uhr

Die Zombies steigen aus ihren Gräbern … und stürmen unser Haus. Gleich ist es so weit. Mike und Penny (und natürlich Theo und Libby) müssten jeden Moment hier sein. Mum meinte, sie hätte keine andere Wahl gehabt, weil es sehr unhöflich gewesen wäre, sie nicht zum Gegenbesuch einzuladen.

Mum und Dad haben fast den ganzen Tag damit verbracht, alles für den Besuch vorzubereiten. Mum hat sogar das neue, blaue Glitzer-Oberteil angezogen, das Dad ihr geschenkt hat.

»Hey, Mum, du siehst echt schick aus«, sagte ich zu ihr.

Wenn ich will, kann ich verdammt charmant sein.

Jetzt hat es an der Tür geklingelt. Frankenstein und seine Braut sind da. Ausführlicher Bericht folgt.

22.15 Uhr

Weißt du, was Mike und Penny während der ersten halben Stunde bei uns gemacht haben? Sie sind in unserem Haus herumgeschlichen. Unglaublich, oder? Dann fragte Penny, ob sie »einen schnellen Blick in den ersten Stock werfen« könnte, und Mike keuchte hinter ihr die Treppe hinauf.

Anschließend informierten sie uns netterweise über Theos und Libbys neueste Leistungen. Theo hatte in einer einzigen Woche dreimal eine Eins minus bekommen. Nachdem Mike uns das erzählt hatte, boxte er mit seiner Faust in die Luft und rief: »Tschaka!«

»Wir sind sehr stolz auf diese drei Einsen«, fuhr er fort, »aber wir wollen nicht, dass Theo sich darauf ausruht. Wir sind erst zufrieden, wenn er glatte Einsen schreibt, stimmt's?«

Penny klirrte zustimmend mit ihren Armbändern.

»Gib immer dein Bestes!«, rief Mike. »Hör niemals auf, dich anzustrengen!« Dann sagte er: »Ich selbst habe nie irgendein Examen gemacht.«

Ich gab mein Bestes, um überrascht auszusehen.

»Und wisst ihr, warum?« Er machte eine Pause, und ich hätte am liebsten gerufen: »Weil du dumm wie Brot bist!«

Schließlich sagte er: »Weil mich niemand unterstützt und gefördert hat.«

»Du hast es doch trotzdem weit gebracht«, warf Mum ermutigend ein.

Er machte eine Verbeugung in ihre Richtung. »Aber wenn jemand hinter mir gestanden hätte, hätte ich etwas wirklich Bedeutendes schaffen können. Darum haben wir unsere Kinder vom Tag ihrer Geburt an immer gefördert und angespornt und ihr Glück stets über unser eigenes gestellt.« Er wandte sich an Libby und Theo. »Stimmt's?«

»Ja«, antworteten sie im Chor, so als hätten sie diesen Moment vorher geprobt (hatten sie ja vielleicht auch).

»Und was hast du uns neulich erzählt, Theo?«, fragte Mike. »Über dein großes Ziel?«

Theo mied meinen Blick und murmelte etwas.

»Na los, mein Junge, sag es ruhig laut. Das ist etwas, was alle hören können«, grölte Mike.

»Ich möchte Direktor einer großen Firma sein, bevor ich zwanzig bin«, wiederholte Theo etwas lauter und sah mich immer noch nicht an.

»Was sagt ihr dazu?«, rief Mike und platzte fast vor Stolz. Dann wandte er sich an mich. »Und jetzt zu dir, Luis. Was willst du später mal werden?«

Ich dachte über die Frage nach. »Ich habe ein wirklich großes Ziel«, verkündete ich dann. »Mit zwanzig wäre ich gern Tellerwäscher in einem Hotel.«

Mike sah mich einen Moment lang total entsetzt an. Dann stieß Theo wieder sein jaulendes Lachen aus und auf Mikes Gesicht erschien ein gezwungenes Grinsen.

Später fragte mich Mum ein wenig ärgerlich: »Warum hast du gesagt, dass du Tellerwäscher werden willst?«

Was für eine dumme Frage! »Weil es euch zum Lachen gebracht hat, Mum«, sagte ich. »Warum sonst?«

Mum benimmt sich merkwürdig

Montag, 21. Januar

Ich werde von einem durchgeknallten Fan verfolgt.

Gestern hat er sich unter meinem Bett versteckt und ist dann über mich hergefallen. Heute hat er in meinem Zimmer herumgewühlt, all meine CDs durcheinandergebracht und meine Batterien geklaut. Elliot kapiert einfach nicht, dass er in meinem Zimmer NICHTS zu suchen hat. Er darf nur reinkommen, wenn ich ihn persönlich einlade (was ich niemals tun werde).

Heute Abend hätte ich Elliot am liebsten einen kleinen Denkzettel verpasst. Aber dann hätte er mich bloß bei meinen Eltern verpetzt und ich wäre am Schluss wieder der Dumme gewesen.

Darum petzte ich stattdessen all seine neuesten Missetaten an Mum und wartete auf ihre übliche Verteidigungsrede. (Normalerweise sagt sie dann immer: »Du musst Geduld mit ihm haben, mein Schatz, er ist doch erst sechs.«) Aber erstaunlicherweise tat sie das heute Abend nicht. Sie sagte nur ruhig:

»Mir ist auch schon aufgefallen, dass Elliot wohl ein bisschen mehr Führung braucht. Ich werde mich darum kümmern, in Ordnung?«

Hab ich es etwa endlich geschafft, Mum davon zu überzeugen, dass Elliot in Wirklichkeit ein kleines Monster ist?

Dienstag, 22. Januar

Ich fass es nicht! Ich hatte gehofft, Mum würde Elliot eine ordentliche Tracht Prügel verpassen oder ihn eine Woche lang auf dem Dachboden einsperren, aber sie hat sich eine viel schlimmere Strafe für ihn überlegt.

Donnerstag fängt ein neues Nachmittagsangebot an, ein Französischkurs für Kinder, und Mum hat beschlossen, dass Elliot dort gemeinsam mit Libby und Olympia hingehen soll. Von allen Foltermethoden, die sich die Menschheit bisher ausgedacht hat, ist Französischunterricht am Nachmittag eindeutig eine der schlimmsten.

Es ist schon schrecklich genug, in der Schule Französisch zu haben. Aber sich mit diesem widerlichen Fach auch noch in seiner Freizeit herumärgern zu müssen, das ist wirklich das Allerletzte.

Ich befürchte, ich habe Mum ernsthaft gegen Elliot aufgebracht. Vorhin hörte ich nämlich, wie sie zu Dad sagte: »Er ist erst beim fünften Kapitel, während Libby schon neun Kapitel geschafft hat. Dabei ist sie ein halbes Jahr jünger als er. Außerdem hat er wirklich eine furchtbare Handschrift … vor allem wenn man sie mit der von Olympia vergleicht, die erst fünf ist.«

Mum quatschte immer weiter. Und nach einer Weile fing Dad auch noch an, ihr zuzustimmen. Schließlich tat mir Elliot sogar ein winzig kleines bisschen leid (ein sehr merkwürdiges Gefühl). Was hab ich da nur angerichtet?

Mittwoch, 23. Januar

Theo hat heute mal wieder ein totales Theater veranstaltet. Wir sollten einen Mathe-Test zurückbekommen und er war schweißnass vor lauter Aufregung.

»Das ist doch nur ein blöder, kleiner Test, Theo«, sagte ich. »Wen interessiert der schon? Schließlich werden wir nicht dafür bezahlt, oder?!«

Aber dann erzählte er mir, dass seine Eltern ihn tatsächlich für gute Noten bezahlen. Immer wenn er eine Eins minus bekommt, kriegt er eine sogenannte »Zwanzig-Pfund-Prämie« (und eine Vierzig-Pfund-Prämie für eine glatte Eins).

Tja, heute hat er wieder zwanzig Mäuse verdient.

Donnerstag, 24. Januar

Vorhin kam Elliot vom Französischkurs nach Hause. Er sah ziemlich benommen und durcheinander aus und ging sehr früh ins Bett.

Ich sagte zu Mum, meiner Meinung nach habe er nun genug für seine Missetaten gebüßt, aber sie schien mir gar nicht richtig zuzuhören.

Sonntag, 27. Januar

Sonntagabend. Die nächste Schulwoche nähert sich bedrohlich, und das versetzt mich in eine ausgesprochen trübe Stimmung.

Habe vorhin versucht, meinen Eltern zu erklären, wie sehr ich meine neue Schule hasse. Aber sie sagten nur Dinge wie: »Komm schon, Schatz, versuch's doch erst noch mal. Alles Neue kommt einem am Anfang fremd und ungewohnt vor, das ist ganz normal.« Und: »Die Schule hat einen hervorragenden Ruf und du wirst dich dort bestimmt bald eingewöhnen. Außerdem ist der Lehrplan fast derselbe wie an deiner alten Schule.«

Okay, der Lehrplan ist vielleicht derselbe, aber da hören die Ähnlichkeiten auch schon auf. Ich kann dir gar nicht sagen, wie sehr ich es hasse, jeden Morgen in diese Schule zu gehen. Besonders montags. Um mich aufzumuntern, pfeife ich immer »Jingle Bells« oder irgendeine andere blöde Melodie vor mich hin.

Dann schlendere ich in meinen Klassenraum, und normalerweise ist der gute alte Wormold auch schon da. Bei meinem bloßen Anblick schürzt er jetzt jedes Mal verächtlich die Lippen wie ein alter Karpfen. Warum konnte ich nicht einen Lehrer bekommen, der etwas mehr Humor hat? Zum Beispiel Jack the Ripper.

Wenn ich es zulassen würde, könnte mich diese Schule echt fertigmachen. Darum, liebes Tagebuch, schreibe ich jetzt lieber über wichtigere Dinge: Ich habe angefangen, Witze für meine neue Comedy-Nummer zu sammeln. Ich will mindestens hundert zusammenbekommen. Hier ein kurzes Beispiel:

Mein Hund ist weggelaufen, darum hab ich eine Anzeige in die Zeitung gesetzt. Sie lautet: »Bei Fuß, Hasso!«

Nicht schlecht, oder?!

Montag, 28. Januar

Habe Theo heute wieder zum Lachen gebracht. Ich spielte ihm eine exklusive Vorabversion meiner Wormold-Imitation vor und er hat sich echt schlapp gelacht. Das war eindeutig der Höhepunkt meines heutigen Tages. Ich liebe es einfach, Leute zum Lachen zu bringen. Dann spüre ich jedes Mal dieses angenehme Kribbeln im Bauch.

Habe jetzt ein schlechtes Gewissen wegen der Sachen, die ich am Anfang über Theo geschrieben habe. Du weißt schon, dass er ein Waschlappen ist und so. Bitte versuch das von deiner Festplatte zu löschen, es stimmt nämlich nicht. Sein Gehirn ist vielleicht so groß wie der Mars und er läuft immer total geleckt durch die Gegend, aber davon abgesehen ist er echt in Ordnung. Man kann mit ihm über ganz normale Sachen reden, zum Beispiel über Fußball. Und er will immer alles über die neuesten Fernsehserien wissen, obwohl er wahrscheinlich nie im Leben eine davon sehen darf. Seine Mutter lässt ihn zwar Tierfilme anschauen (weil sie lehrreich sind), aber sonst fast nichts.

»Mum sagt immer, ich soll nicht am Rand stehen und zuschauen, sondern die Dinge selbst in die Hand nehmen«, erklärte er.

»Wie blöd, dabei ist Zuschauen doch viel lustiger«, erwiderte ich.

Dienstag, 29. Januar

Libby und Penny sind vorhin vorbeigekommen, um uns Libbys neuen Tennisschläger zu zeigen. Libby spielt zwar erst seit sechs Wochen Tennis, aber ihr Trainer meinte trotzdem schon, sie sei ein echtes Naturtalent und … Länger hab ich dieses Geschwafel nicht ertragen. Ich flüchtete ins Wohnzimmer und stellte den Fernseher an.

Plötzlich merkte ich, wie Penny mich anglotzte. Sie sah total entsetzt aus, so als hätte sie mich bei etwas wirklich Unanständigem erwischt.

»Hallöchen, schön dich zu sehen!«, rief ich.

Sie antwortete nicht, doch ich hörte, wie sie Mum zuflüsterte: »Also, bei uns herrscht um diese Tageszeit absolutes Fernsehverbot.«

Ich wartete darauf, dass Mama sagte: »Bei uns laufen die Dinge nun mal etwas anders, also halt dich da raus.« Aber stattdessen raste sie ins Wohnzimmer und schaltete den Fernseher aus.

»Das muss doch jetzt wirklich nicht sein, oder?«, fragte sie und lächelte nervös.

Doch, das musste sein! Aber ich wollte Mum nicht vor Penny blamieren, darum hielt ich den Mund. Ich sauste bloß nach oben und sah in meinem Zimmer weiter fern.

Nachdem Penny wieder weg war, schien Mum ziemlich genervt zu sein. Erst keifte sie mich und Elliot ein paarmal an, dann wurde sie ganz still und bedrückt. Nicht einmal meine Wormold-Imitation konnte sie aufheitern (und normalerweise bringen meine Imitationen sie immer zum Lachen). Mum findet Pennys Besuche offenbar sehr anstrengend.

Wenn sie das nächste Mal anruft, tun wir am besten einfach so, als wären wir nicht zu Hause.

Mittwoch, 30. Januar

Heute ist etwas Merkwürdiges passiert.

Ich saß gerade in meinem Zimmer und arbeitete an meiner Witze-Sammlung, als Mum die Tür öffnete, klopfte (sie macht es immer in dieser Reihenfolge) und fragte: »Luis, hättest du Lust, morgen mit Elliot zum Französischkurs zu gehen?«

Ich kicherte. »Guter Witz, Mum, du fieses kleines Huhn!«

Aber dann gefror mir das Blut in den Adern, denn Mum lächelte nicht zurück. Stattdessen fing sie an, sinnloses Zeug zu brabbeln. »Na ja, Elliot geht schließlich auch hin, und es gibt keine Altersbegrenzung, darum dachte ich, es würde dir vielleicht auch Spaß machen …«

»Eher würde ich Regenwürmer essen, Mum.«

»Wirklich?« Sie schien tatsächlich überrascht zu sein.

»Du weißt doch, dass ich eine totale Niete in Französisch bin. Selbst Kakerlaken haben einen besseren französischen Akzent als ich …«

Mum hob die Hand. »Ich dachte nur …«, begann sie und machte ein wehmütiges Gesicht. Aber dann hatte sie sich wieder im Griff. »Nein, da hab ich mich wohl getäuscht«, sagte sie und verschwand wieder.

Ich hab mich immer noch nicht ganz von dem Schock erholt, den dieser Zwischenfall bei mir ausgelöst hat. Wie konnte Mum auch nur eine Sekunde lang glauben, ich würde gerne zum Französischkurs gehen?

Donnerstag, 31. Januar

Mum hat den Französischkurs mir gegenüber nicht noch einmal erwähnt. Ich vermute, sie hatte gestern einfach einen kleinen Aussetzer.

Aber Elliot schickt sie immer noch hin. Und sie lässt ihm in letzter Zeit längst nicht mehr so viel durchgehen wie sonst. So langsam glaube ich wirklich, sie ist gerade echt genervt von ihm. Jetzt wünschte ich fast, ich hätte mich nicht über ihn beschwert. Ich glaube, da hab ich ganz schön was angerichtet.

Freitag, 1. Februar

Heute haben wir wieder zwei Tests zurückbekommen (wir schreiben hier andauernd irgendwelche Tests) und Theo hat in beiden am besten abgeschnitten. In dem einen hat er sogar eine glatte Eins bekommen. Seine erste überhaupt. Was für eine Aufregung! Wenn ich mich nicht verrechnet habe, hat er heute also sechzig Piepen verdient.

Mir fällt gerade auf, dass Theo mich nicht mehr nach meinen Noten fragt.

Heute Abend telefonierte Dad mit einem Kollegen aus seiner alten Firma und erzählte ihm von all den zusätzlichen Verpflichtungen, die er hier übernehmen muss. Er klang ziemlich deprimiert. Ich glaube, Dad gefällt's hier auch nicht besonders gut.

Sonntag, 3. Februar

Hab vorhin gehört, wie Mum und Dad miteinander getuschelt haben. Leider konnte ich nicht verstehen, um was es ging. Und sobald sie mich bemerkt hatten, sagten sie keinen Ton mehr. Doch ich hab eindeutig gesehen, wie sie verstohlene Blicke ausgetauscht haben.

Aber ich weiß sowieso, was los ist. Dad hat genug von seinem Job und will die Sache hinschmeißen. Er und Mum wissen bloß noch nicht, wie sie es mir sagen sollen. Sie glauben, ich wäre traurig, wenn wir wieder in unser altes, kleines Haus ziehen müssen, und so weiter. Dabei wäre ich in Wirklichkeit sehr, sehr glücklich, von hier wegzukommen, und würde sogar ohne zu murren in eine Lehmhütte ziehen.

Aber ich werde mir nicht anmerken lassen, dass ich Bescheid weiß. Die ganze Sache ist schließlich ziemlich unangenehm für Dad. Ich warte einfach, bis er so weit ist und es mir von selbst erzählt. (Hoffentlich braucht er nicht zu lange, ich kann's nämlich kaum erwarten, endlich wieder nach Hause zu kommen.)

Montag, 4. Februar

Mum und Dad sahen heute Abend total geschafft aus. Deshalb war ich besonders nett zu ihnen. Ich klopfte Dad auf die Schulter und fragte ihn, wie sein Tag war. Dann lächelte ich Mum mehrmals zu, fragte sie auch nach ihrem Tag und machte beiden eine Tasse Tee.

Als ich ins Bett ging, war ich fix und fertig. Es ist echt anstrengend, einen ganzen Abend lang nett zu seinen Eltern zu sein.

Dienstag, 5. Februar

Mum musste vorhin plötzlich weg. Und weil Dad noch nicht zu Hause war, ist Penny vorbeigekommen, um auf mich und Elliot aufzupassen (obwohl ich Mum versichert hatte, das sei vollkommen überflüssig). Ich bin mir ziemlich sicher, dass Penny von Dads bevorstehender Kündigung weiß, denn jedes Mal, wenn sie mich ansah, schmolz sie fast vor Mitleid. Sie hat natürlich keine Ahnung, dass ich Freudentänze veranstalten werde, wenn wir endlich die Biege gemacht haben.

Später ging ich in mein Zimmer und schaute mir eine Wiederholung von Alan Partridge im Fernsehen an. (Du weißt schon, diese superkomische Serie mit dem ewig schlecht gelaunten Radio-Reporter.) Es war einfach zum Totlachen. Vielleicht sollte ich mir auch eine nervige Figur für meine Comedy-Nummer einfallen lassen. Und wer könnte mich da besser inspirieren als Mike und Penny.

Hab inzwischen siebenundvierzig Witze gesammelt.

Mittwoch, 6. Februar

Vorhin hab ich Mum bei etwas erwischt, was sie bisher noch nie gemacht hat.

Als ich in die Küche kam, kniete sie auf dem Boden und *wühlte in meiner Schultasche herum*! Erst versuchte ich noch, ihr Verhalten irgendwie zu entschuldigen. Ich sagte mir, sie würde bestimmt nur nach verschimmelten Pausenbroten suchen (die gammeln immer Ewigkeiten ganz unten in meiner Tasche vor sich hin). Aber dann sah ich, dass sie eins meiner Hefte in der Hand hielt und aufmerksam darin las. Das hat mir einen ganz schönen Schock versetzt. Aber es wird noch schlimmer, liebes Tagebuch.

Denn nun fing sie an, sich über meine Rechtschreibung und Zeichensetzung sowie über meine Handschrift auszulassen. Ich erkannte ihre Stimme kaum wieder, weil sie so dumpf und fremd klang.

Ich ging auf sie zu. »Okay, Mum, leg jetzt bitte das Heft wieder zurück«, sagte ich mit einer möglichst tiefen und beruhigenden Stimme. »Darum sollen sich meine Lehrer kümmern, nicht du.«

Aber es war, als würde ich zu jemandem sprechen, der sich in Trance befindet. Ich glaube, sie hat mich nicht mal gehört. Stattdessen setzte sie sich an den Küchentisch und verbesserte all meine Rechtschreibfehler mit Bleistift. Ich kann dir sagen, das war wirklich ein beängstigender Anblick.

Dann fing sie an, mir alberne Fragen zu stellen. Zum Beispiel was die beste Note in der Klasse in einem Test gewesen sei, in dem ich eine Vier minus hatte. Oder wo ich so ungefähr im Klassendurchschnitt stehen würde. Dabei sah sie mich die ganze Zeit über durchdringend an.

Aber ich blieb geduldig und verständnisvoll, weil es ihr offensichtlich ziemlich mies ging. Ich fürchte, diesmal ist es keine vorübergehende Sache. Der Stress wegen Dads Kündigung muss sie komplett aus der Bahn geworfen haben. Und es würde mich nicht wundern, wenn die ganze Angelegenheit auch noch eine Midlife-Krise bei ihr ausgelöst hätte. So was soll ja bei Frauen in Mums Alter sehr verbreitet sein.

Wenn Dad am Freitag von seiner Vertriebstagung zurückkommt, werde ich ihm taktvoll mitteilen, dass ich über seine

Kündigung Bescheid weiß und dass Mum sich seit einiger Zeit wie der letzte Idiot benimmt. Aber er braucht sich keine Sorgen zu machen, denn sobald wir wieder zu Hause sind (ich meine unser richtiges Zuhause), wird sich Mums Midlife-Krise garantiert verziehen und alles ist wieder in Butter.

Donnerstag, 7. Februar

Sie ist wieder an meiner Tasche gewesen.

Kaum war ich aus der Schule nach Hause gekommen, fing sie auch schon an, in meinen Sachen zu wühlen. Dann musste ich bescheuerte Fragen über meine Noten und meinen Leistungsstand in der Klasse beantworten. Aber ich versuchte trotzdem, mit leiser und sanfter Stimme zu reden. Ich habe ihr sogar eine Tafel Nussschokolade mit Früchten gekauft. Normalerweise legt sie die immer in den Kühlschrank und isst nur einen Riegel pro Abend. Heute hat sie die ganze Tafel auf einmal in sich hineingestopft. Ich glaube, das ist ein sehr schlechtes Zeichen.

Habe mich außerdem gefragt, ob Mum möglicherweise doch keine Midlife-Krise hat, sondern in die Wechseljahre kommt. Soviel ich weiß, werden meistens Frauen um die vierzig davon befallen (Mum ist gerade vierzig geworden), und dann spielen ihre Hormone eine Weile verrückt. Wer weiß, vielleicht komme ich eines Morgens in die Küche, und Mum ist ein dicker, schwarzer Schnurrbart gewachsen. Dann sieht sie aus wie die Frau in der Konditorei, die früher bei uns um die Ecke lag.

Ich kann nicht behaupten, dass ich das besonders toll finden würde. Wahrscheinlich wäre es das Beste, wenn Mum zu Hause bleibt, solange der Schnurrbart in voller Blüte steht. Die Leute haben sich nämlich immer über die Frau in der Konditorei lustig gemacht (um ehrlich zu sein, ich hab selbst den einen oder anderen Witz über sie gerissen).

Freitag, 8. Februar

Absolut furchtbare Neuigkeiten!

Dad hat gar nicht gekündigt und Mum hat weder eine Midlife-Krise noch sonst irgendetwas in der Art. Etwas viel, viel Schlimmeres ist passiert.

Du erinnerst dich doch sicher noch daran, wie Mum Dienstagabend wegmusste (und die schreckliche Penny auf uns aufgepasst hat). Inzwischen weiß ich, dass Mum in meiner Schule war. Der ungeschlagene Weltmeister in feuchter Aussprache, mein werter Herr Direktor, hatte sie zu einem *dringenden Gespräch* gebeten. Dad ist direkt von der Arbeit hingefahren, und dann mussten sich die beiden anhören, wie Spucki stundenlang über meine »ungenügende Motivation« und tausend andere Sachen gejammert hat.

Danach musste Dad gleich zu seiner Tagung. Aber vorher beschlossen er und Mum, die ganze Angelegenheit nach seiner Rückkehr gemeinsam mit mir zu besprechen. In der Zwischenzeit schnüffelte Mum in meiner Schultasche herum und benahm sich auch sonst wie die größte Nervensäge des Universums.

Auf jeden Fall wurde ich heute Abend, nachdem Elliot ins Bett gegangen war, ins Wohnzimmer gerufen. Ich wusste sofort, dass das nichts Gutes bedeuten konnte. Dafür hab ich ein untrügliches Gespür. Nach Elternabenden werde ich nämlich auch oft ins Wohnzimmer gerufen, und dann gibt's jedes Mal eine lange Strafpredigt. Ich höre immer höflich zu, weil ich es wichtig finde, dass Eltern auch mal ihre Meinung sagen und ein bisschen Dampf ablassen dürfen. Am nächsten Tag erinnert sich ja sowieso kein Mensch mehr daran.

Aber heute war alles ganz anders als sonst. Erst teilten sie mir mit, ich solle mir wegen Spuckis Vorwürfen keine Sorgen machen. Es wäre nämlich nicht meine Schuld, sondern ihre. Dann versicherten sie mir sogar, dass es ihnen sehr, sehr leidtue.

»Kein Problem«, witzelte ich. »Hauptsache, ihr gebt euch in Zukunft etwas mehr Mühe.«

Aber ich hatte keine Ahnung, warum sich meine Eltern bei mir entschuldigten. Das ist etwas, was Eltern normalerweise fast nie tun. In diesem Moment spürte ich die ersten Anzeichen einer drohenden Gefahr. Es war wie dieses leichte Pochen hinter der Stirn, wenn man Kopfschmerzen bekommt.

Dad sagte mit außergewöhnlich ernster und entschlossener Stimme: »Keine Sorge, Luis, ab jetzt werden wir vollen Einsatz bringen.«

Wovon um alles in der Welt redete er? Ich sagte mir, dass das bestimmt wieder einer seiner Witze war. Wenn ich ihm in die Augen schaute, würde ich dort ein leichtes Funkeln entdecken. Aber heute Abend waren seine Augen erschreckend ausdruckslos.

»Wir versprechen dir, dich in Zukunft nicht mehr im Stich

zu lassen«, sagte Mum feierlich. »Ab jetzt sollst du genau dieselben Chancen haben wie alle anderen Kinder hier.«
Dann lächelten sie mir beide so unheimlich zu, dass ich eine richtige Gänsehaut bekam.

Liebes Tagebuch, in diesem Haus gehen sehr merkwürdige Dinge vor.

Der Albtraum beginnt

Montag, 11. Februar

Mein Fernseher ist weg.

Als ich nach der Schule in mein Zimmer kam, war auf meinem Schreibtisch nur noch eine leere Stelle, die die Form eines Fernsehers hatte. Es sah aus wie ein frisch ausgehobenes Grab. Dieser Fernseher hat mir schon zur Seite gestanden, als ich noch ein kleiner Furzknoten war!

Ich wusste sofort, wer die Schuldige war. Mum versuchte erst, die Sache mit einem Lachen abzutun, so als wäre sie völlig unwichtig. Aber meiner knallharten Befragung hielt sie nicht lange stand. Sie behauptete, sie habe es getan, damit ich mir nicht jeden Abend beim Einschlafen irgendwelchen Mist anschauen würde. Dann entwickelte sie eine wilde Theorie, die besagte, ich hätte ohne Fernseher mehr Zeit zum Lesen, Nachdenken und Kreativsein.

Ich erklärte ihr ausgesprochen geduldig, dass mich Fernsehen inspirieren würde und ich mir sämtliche Comedy-Sendungen anschauen müsste, um mich auf meine Laufbahn als

Komiker vorzubereiten (für die ich übrigens inzwischen fünfundsechzig Witze gesammelt habe). Aber Mum schüttelte nur den Kopf, als wären meine Argumente völlig bedeutungslos.

Ich hatte jedoch noch einen letzten Trumpf in der Hand: Dad. Er sieht für sein Leben gern fern. Kaum ist Mum aus dem Haus, lässt er die ganze Zeit den Fernseher laufen. Ich darf sogar die Zeichentrickfilme anschauen, wenn Dad das Sagen hat.

Also setzte ich mich nach dem Tee neben ihn. »Du wirst nicht glauben, was heute passiert ist«, erzählte ich. »Mum hat meinen Fernseher entführt und will mir nicht mal ein Foto schicken, damit ich weiß, dass es ihm gut geht und er nicht irgendwo an eine Heizung gekettet ist.«

Dad lachte, aber dann ließ er die Bombe platzen: Er sah die Sache genauso wie Mum.

Jetzt muss ich also jedes Mal, wenn ich fernsehen will, die lange, beschwerliche Reise nach unten antreten. Ich werde nie wieder einen Film gemütlich und ungestört in meinem Zimmer genießen können. Das ist doch einfach ungerecht, oder?

Wie können Mum und Dad es wagen, in mein Zimmer zu schleichen und meinen Fernseher verschwinden zu lassen, ohne mich vorher zu fragen? Ich bin mir ziemlich sicher, dass Eltern so etwas gar nicht dürfen. Das ist auf jeden Fall eine grobe Verletzung meiner Menschenrechte.

Ich sag's dir, ich hätte fast beim Kinderschutzbund angerufen. Wer weiß, vielleicht mach ich das noch.

Dienstag, 12. Februar

Start der Rettungsmission um 16.05 Uhr.

Mum war mit Elliot zu Penny rübergegangen, und ich kletterte auf den Dachboden, weil ich vermutete, dass Mum dort meinen Fernseher versteckt hatte. Und was soll ich sagen? Ich hatte recht! Er stand einsam und allein ganz hinten auf dem Dachboden und sah völlig verloren aus. Ich trug ihn nach unten und stellte ihn zurück an den Platz, an den er gehörte.

Mum musste zweimal hinschauen, als sie später in mein Zimmer kam. »Wie …?«, stotterte sie und zeigte auf den Fernseher.

»Er ist geflohen«, sagte ich. »Es hat ihm nicht gefallen, entführt zu werden. Seine Anschlüsse sind nämlich sehr empfindlich.«

Mum seufzte tief und setzte sich auf mein Bett. »Es ist doch nur zu deinem Besten, mein Schatz«, sagte sie. »Wir wollen, dass du deine Leistungsfähigkeit voll entwickeln kannst.«

»Aber was hat mein Fernseher damit zu tun?«

Das konnte Mum mir auch nicht sagen, also tat sie so, als wäre sie voll und ganz damit beschäftigt, meinen Fernseher wieder aus dem Zimmer zu schaffen. Und ich weiß auch, warum. Mum und Dad denken, ich werde plötzlich gut in der Schule, wenn sie mir meinen Fernseher wegnehmen. Hast du schon mal so was Bescheuertes gehört?

Mittwoch, 13. Februar

Mum schnüffelt immer noch in meiner Schultasche herum. Man könnte sogar sagen, sie wird langsam richtig süchtig danach. Kaum komme ich zur Tür herein, hängt sie auch schon über meinen Heften. Und dann murmelt sie kläglich: »Oh, schon wieder eine Drei.«

»Wenigstens bleiben meine Leistungen konstant«, entgegne ich stets und grinse.

»Theo hat bestimmt wieder eine Eins bekommen, oder?«

»Ich glaub schon«, sage ich munter. Und dann versuche ich das Thema zu wechseln und über wichtigere Dinge zu sprechen, zum Beispiel darüber, was es heute zum Abendbrot gibt.

Donnerstag, 14. Februar

Vor ein paar Tagen hab ich Mum gegenüber zufällig erwähnt, dass wir einen Aufsatz über die gesellschaftlichen Reformen unter der Herrschaft Heinrichs des Achten schreiben sollen. Seitdem macht sie sich deswegen total verrückt. Sie hat einen ganzen Tag im Internet verbracht und jede Menge Zeug über Heinrich den Achten, die Auflösung der Klöster und tausend andere Sachen ausgedruckt. Sie war auch in der Bibliothek und hat ungefähr zweihundert Bücher mitgebracht, die ich alle lesen soll. Es ist ja echt nett von ihr, dass sie sich so ins Zeug legt. Aber ich finde, sie übertreibt ein bisschen, oder nicht?

Freitag, 15. Februar

Rate mal, wer schon wieder mächtig Ärger in der Schule hatte? Ich natürlich!

Heute Morgen bei der Schulversammlung hielt Spucki gerade wieder einen seiner Vorträge, als jemand anfing zu flüstern (ich war's diesmal nicht, ganz ehrlich). Spucki verstummte augenblicklich und stand mit verschränkten Armen reglos wie eine Salzsäule da. So blieb er eine Ewigkeit stehen.

»Ich glaube, die Leichenstarre hat eingesetzt«, flüsterte ich. Und: »Kann denn nicht endlich jemand auf den Startknopf drücken?«

Das waren bloß ein paar harmlose Witze, um die Stille ein bisschen zu überbrücken. Dummerweise hatte Spucki den zweiten Spruch gehört und ließ mich nach vorne kommen.

Ich sollte vor seiner Gruft auf ihn warten und ging aus der Aula. Bis auf das Geräusch meiner eigenen Schritte war es total still. Alle schauten zur Seite, als ich an ihnen vorbeiging, so als ob ich eine ansteckende Krankheit hätte. Dabei hatte ich doch nichts anderes getan, als ein paar Witze zu erzählen, um die Stimmung etwas aufzulockern. An meiner alten Schule flüsterten alle während der Schulversammlung miteinander. Sogar die Lehrer.

Spucki ließ mich den halben Vormittag warten. Nicht, dass mir das etwas ausgemacht hätte. Schließlich verpasste ich nur den Unterricht und nichts wirklich Wichtiges. Als ich schließlich eintreten durfte, war er gerade mit seinem zweiten Frühstück beschäftigt. Er saß an seinem Schreibtisch, aß ein Stück Kuchen und starrte mich schweigend an. Endlich hievte er seinen fetten Hintern vom Stuhl, hielt sein Gesicht direkt vor meins, ließ seinem mörderischen Atem freien Lauf und murmelte etwas, das ich nicht richtig verstehen konnte. Fast hätte ich gesagt: »Könnten Sie das bitte noch mal spucken?«, konnte mich aber gerade noch zurückhalten. Stattdessen fragte ich so höflich wie möglich: »Was haben Sie gesagt?«

Er kam mit seinem Gesicht noch näher heran. Und als er gerade anfing zu sprechen, flog ein Stückchen Kuchen aus seinem Mund und landete direkt auf meiner Zunge!

Ich hatte keine Ahnung, was ich damit machen sollte. Ich überlegte, ob ich es irgendwie ausspucken könnte … aber schließlich schluckte ich es einfach runter. Alles in allem schmeckte es gar nicht mal so übel. Außerdem hatte ich sowieso gerade ein bisschen Hunger. Doch die ganze Sache war so abgedreht, dass ich die Beherrschung verlor und einfach losprustete. Ich konnte nicht anders. Ich lachte immer weiter, während Spucki mich anstarrte, als wäre ich vollkommen verrückt geworden.

Dann polterte er: »Warum benimmst du dich so? Du enttäuschst nicht nur dich selbst, sondern auch deine Eltern.«

Das bereitete meinem Lachanfall ein jähes Ende. Ich fühlte mich plötzlich irgendwie schuldig. Und ich hoffte inständig, Spucki würde meine Eltern nicht noch einmal in die Schule bestellen.

Ich beschloss außerdem, alles zu tun, um einen guten Aufsatz über Heinrich den Achten zu schreiben, wenn Mum nun mal so scharf darauf war. Allerdings habe ich keineswegs die Absicht, das zu einer festen Gewohnheit werden zu lassen. Es ist ein einmaliges, unwiederholbares Angebot.

Samstag, 16. Februar

Als ich heute Morgen nach unten kam, stolzierte Dad in einer unmöglichen Hose durch die Gegend. Er wollte Golf spielen gehen (zum ersten Mal in seinem Leben) – und zwar ausgerechnet mit Mike! Mum war total aufgekratzt deswegen. Ich fürchte, das ist ein weiteres Symptom für die zunehmende Unzurechnungsfähigkeit meiner Eltern.

Dienstag, 19. Februar

Das Halbjahr ist zu Ende und ich muss eine Woche lang nicht in die Lernhölle gehen. Es wäre der Himmel auf Erden, wenn ich mir nicht solche Sorgen um Mum und ihren neuen Umgang machen würde.

Eine ganze Horde Frauen (unter anderem Penny und Olympias Mutter von nebenan) saß heute Morgen in unserer Küche herum und ließ sich mit Tee volllaufen. Soweit ich das mitbekommen habe, taten sie den gesamten Vormittag nichts anderes, als mit ihren Sprösslingen anzugeben. Alle außer Mum, um genau zu sein. Sie war die ganze Zeit über auffällig still.

Am schlimmsten von allen war Olympias Mutter. Sie hörte gar nicht mehr auf, von Olympias musikalischem Talent zu labern. Dann erzählte sie jedem, der es hören wollte, dass sie ihrem Bauch während der Schwangerschaft morgens immer Mozart vorgespielt hätte. Also ehrlich, das ist doch krank, oder? Warum verbringt Mum ihre Zeit mit diesen merkwürdigen Gestalten?

Mittwoch, 20. Februar

»Sag mal, Luis, möchtest du nach der Schule nicht auch irgendeinen netten Nachmittagskurs besuchen?«, gurrte Mum heute. Langsam hört sie sich schon genauso an wie Penny!

»Du bist der Einzige hier in der Nachbarschaft, der kein Instrument spielt«, fuhr sie fort. »Das ist völlig in Ordnung, schließlich kann nicht jeder musikalisch sein. Aber wie wär's denn mit Kunstunterricht oder Schach? Das würde dir doch bestimmt Spaß machen, oder?«

»Allein bei dem Gedanken bekomme ich schon eine Gänsehaut.«

Mum seufzte. »Wir wollen doch nur, dass du ein bisschen Anschluss findest.«

Sie sah so besorgt aus, dass ich sagte: »Es gibt tatsächlich einen Kurs, der mich interessieren würde.«

»Ja?«, rief sie eifrig.

»Einen Kurs, in dem man lernt, ein guter Komiker zu sein.«

»Oh, darin brauchst du wirklich keinen Unterricht mehr«, sagte sie.

»Vielen Dank, Mum«, erwiderte ich und grinste, weil das ein echt dickes Kompliment war. Aber Mum lächelte nicht zurück.

Donnerstag, 21. Februar

Habe Mum vorhin beim Telefonieren belauscht. Sie hat Elliot ab nächster Woche beim Schach-Klub und bei der Kunsterziehung angemeldet. Der arme Kerl weiß noch nichts davon. Wer hätte gedacht, dass ich jemals Mitleid für meinen Bruder empfinden würde? Es sind wirklich sehr seltsame Zeiten, die ich gerade durchmache.

Sonntag, 24. Februar

Absolut erschütternde Neuigkeiten: Habe während der Winterferien an meinem Geschichtsaufsatz gearbeitet! Das widerspricht zwar all meinen Prinzipien, aber ich hab es trotzdem getan. Ich hoffe nur, meine Eltern wissen dieses Opfer zu schätzen. Habe fünf ganze Seiten geschrieben und – jetzt halt dich fest – sogar die Rechtschreibung kontrolliert!

Rechtschreib-Nieten aller Länder vereinigt euch. (Kleiner Scherz am Rande!)

Donnerstag, 28. Februar

Heute haben wir die Aufsätze über Heinrich den Achten zurückbekommen. Natürlich hatte Theo die beste Note (war aber nur eine Eins minus), wohingegen die schlechteste Note, eine Vier, an MICH ging.

Wormold sagte, mein Aufsatz sei trotz seiner Länge ziemlich konfus (da musste ich ihm zustimmen) und mache den Eindruck, er sei abgeschrieben. (Ich musste ihm wieder zustimmen, denn das meiste hatte ich tatsächlich abgeschrieben. Ich bin doch nicht größenwahnsinnig und versuche das, was irgendein gelehrter Trottel über Heinrich den Achten herausgefunden hat, zu übertreffen!)

Als ich nach Hause kam, wartete Mum schon auf mich und sah mir hoffnungsvoll entgegen. Also versuchte ich, es ihr möglichst schonend beizubringen. Um genau zu sein, schwindelte ich ein bisschen.

»Der Aufsatz ist superschlecht ausgefallen, alle haben miese Noten gekriegt«, sagte ich. »Ich hab eine Vier. Tut mir leid.«

Den letzten Teil ratterte ich so schnell herunter, dass Mum dummerweise verstand, ich hätte eine Zwei. Dadurch wurde meine wirkliche Note zu einer noch größeren Enttäuschung.

»Oh – eine Vier«, sagte Mum und seufzte theatralisch. »Theo war bestimmt wieder der Beste, oder?«

»Stimmt. Echt langweilig, was?«

Mum ließ sich auf einen Stuhl fallen wie ein vollkommen gebrochener Mensch. Ich klopfte ihr auf die Schulter und sagte: »Vergiss nicht, dass ich ein totaler Hohlkopf bin, Mum.«

Freitag, 1. März

Nachdem Mum sich von dem Schock erholt hatte, kam sie in mein Zimmer und verkündete: »Mach dir keine Sorgen wegen deiner Geschichtsnote, Luis. Hauptsache, du gibst dir weiterhin Mühe.«

»Danke, Mum.«

»Und ich weiß genau, dass wir eines Tages sehr stolz auf dich sein werden«, fügte sie hinzu.

Das heißt also, jetzt sind sie nicht stolz auf mich. Ich muss sagen, das hat mich irgendwie ganz schön getroffen.

Montag, 4. März

Vorhin saß ich in meinem Zimmer und kämpfte mit den Mathe-Hausaufgaben, als ich plötzlich einen schweren Atem in meinem Nacken spürte. Ich hob den Kopf und sah Dad über mir lehnen wie ein Vampir, der gleich sein nächstes Opfer in den Hals beißt.

Er flüsterte: »Ich wollte dir nur sagen, dass ich von jetzt an abends etwas früher nach Hause komme. Also melde dich einfach, wenn du Hilfe brauchst, Luis. Ich bin immer für dich da, okay?«

Ich tat mein Bestes, ein erfreutes Gesicht zu machen, und hoffte, Dad würde wieder abziehen. Stattdessen machte er etwas sehr Ärgerliches. Er machte die Musiks aus.

»Ohne diesen Krach kannst du bestimmt besser lernen«, sagte er.

Ich versuchte ihm zu erklären, dass ich einen gewissen Lärmpegel im Hintergrund brauche, wie zum Beispiel Musik oder einen laufenden Fernseher. Wenn es ganz still ist, schweifen meine Gedanken sofort ab.

Doch Dad lächelte mich nur herablassend an. Also wartete ich darauf, dass er einen Abflug machte, damit ich die Musik wieder anstellen konnte.

Aber er ging nicht weg, sondern lümmelte sich auf mein Bett und lutschte laut schmatzend Pfefferminzbonbons, was total nervig war. Ich seufzte mehrmals so laut ich konnte, aber er verstand den Wink nicht. Er saß einfach nur da und starrte mich unverwandt an.

Dienstag, 5. März

Heute blieb Dad direkt hinter mir stehen, während ich meine Mathe-Hausaufgaben machte. Ich hatte gerade erst angefangen, als er mir ins Ohr hustete und sagte: »Ganz schön schwierig, was? Komm, ich helf dir. Also, ich hab das immer folgendermaßen gemacht.«

Er erklärte mir seine Methode so genau, dass ich hinterher verwirrter war als vorher. Und dann kam er selbst nicht mehr weiter. (Ich musste mich sehr zusammenreißen, um nicht zu lachen.) Aber er versuchte es trotzdem immer wieder. Ich sage dir, ich hatte den ganzen Abend keine Sekunde Ruhe vor ihm. Mum saß währenddessen unten und beaufsichtigte Elliot. Ich hasse es, wenn meine Eltern sich so merkwürdig benehmen. Mike und Penny haben ihrer geistigen Gesundheit wirklich sehr geschadet.

Mittwoch, 6. März

Heute war Mum an der Reihe. Ich hatte gerade den ersten Satz meines Englischaufsatzes geschrieben, da schrie sie plötzlich: »Oh nein!«

Ich hätte vor Schreck fast einen Herzschlag bekommen.

»Tut mir leid, mein Schatz, ich wollte dich nicht erschrekken«, sagte sie. »Aber du hast einen Rechtschreibfehler gemacht. Lass uns das Wörterbuch holen und die richtige Schreibweise nachschlagen, in Ordnung?«

Du kannst dir sicher vorstellen, liebes Tagebuch, wie lange ich für diesen Aufsatz gebraucht habe. Selbst als Mum sich wieder hingesetzt hatte, ließ sie mich keine Sekunde aus den Augen. Dabei sah sie gleichzeitig traurig und hoffnungsvoll aus. Ich glaube, sie wartet auf den Moment, in dem ich mich in Theo verwandle.

Donnerstag, 7. März

Du wirst nicht glauben, was heute passiert ist. Aber ich schwöre, jedes einzelne Wort ist wahr.

Als ich vorhin alle Hausaufgaben erledigt hatte und das dringende Verlangen nach einem netten, entspannenden Computerspiel verspürte, winkte mir Dad mit einem dicken Mathebuch zu.

»Ich glaube, das wird dir weiterhelfen«, sagte er. »Es ist das beste Buch auf dem Markt. Wie wär's, wenn wir es mal mit ein paar leichteren Aufgaben von ganz vorne probieren?«

Im ersten Moment war ich zu verblüfft, um zu antworten. Schließlich sagte ich: »Das ist Kinderarbeit, Dad. Du willst doch nicht gegen das Jugendschutzgesetz verstoßen, oder?«

Er grinste ein wenig und sagte schließlich: »Okay, dann machen wir heute nur die ersten beiden Seiten.«

Mein Zimmer wird langsam zu einem richtigen Arbeitslager.

Freitag, 8. März

Heute Abend ging es in meinem Zimmer zu wie in einem Taubenschlag: Andauernd sind Mum und Dad hereingeplatzt. Ich hab ja nichts dagegen, wenn sie mal kurz vorbeikommen, um mich zum Abendbrot zu holen. Und von mir aus kann Mum auch ruhig mein Bett machen, während ich in der Schule bin. Aber in letzter Zeit treiben sie sich ständig bei mir herum. Und mein Zimmer ist nun mal nicht für den Publikumsverkehr geöffnet.

Ich habe sie ganz höflich darum gebeten, meine Privatsphäre wieder ein bisschen mehr zu respektieren. Aber meine

Eltern sind momentan offenbar mehr auf Sendung als auf Empfang gepolt. Mum sagte nur matt: »Ach, Luis, du könntest ruhig ein bisschen mehr mitarbeiten. Wir wollen dir doch nur helfen!«

Samstag, 9. März

Außerirdische haben meine richtigen Eltern verschleppt und führen jetzt in einem kleinen Dorf auf dem Mars Versuche an ihnen durch. Und mich haben sie hier mit diesen schlechten Kopien zurückgelassen. Aber so langsam müssten sie eigentlich mit ihren Experimenten fertig sein. Liebe Außerirdische, bitte gebt mir meine wundervollen guten alten Eltern zurück, denn ich vermisse sie sehr! (Das wird mir jetzt erst so richtig klar.)

Sonntag, 10. März

War irgendwie deprimiert heute Abend. Um mich ein bisschen aufzuheitern, wollte ich mir eine Spezialausgabe von CSI reinziehen. Aber kaum hatte ich mich vor dem Fernseher niedergelassen, als sich Mum auch schon vor dem Bildschirm aufbaute und gurrte: »Wie wär's, wenn wir drei heute mal ein bisschen Zeit miteinander verbringen würden?«

Ehrlich gesagt hätte ich viel lieber CSI geguckt. Aber meine Meinung interessierte offenbar niemanden, denn Mum hatte den Fernseher bereits ausgeschaltet. Dann setzten sie und Dad sich rechts und links neben mich und lächelten hoffnungsvoll.

»Ich finde, wir sollten etwas spielen«, sagte Mum.

»Wer hat Angst vorm schwarzen Mann«, schlug ich vor.

Sie kicherten.

»Wahrheit oder Pflicht?«

Sie kicherten wieder.

»Wie wär's mit Verstecken? Ihr versteckt euch und ich versuche euch zu finden … irgendwann im Lauf der nächsten Woche.«

Schließlich amüsierten wir uns köstlich bei einer wahnsinnig spannenden Partie Monopoly. Das war Dads Lieblingsspiel, als er ein kleiner Junge war, also irgendwann im neunzehnten Jahrhundert. Meine Eltern strahlten mich die ganze Zeit an und versicherten sich gegenseitig, wie viel Spaß wir miteinander hätten.

»Und? Ist das nicht viel besser, als sich irgendeinen Mist im Fernsehen anzugucken?«, rief Mum.

Also, wenn ich ehrlich sein soll, nein. Ich meine, ich mag meine Eltern. Wirklich. Aber es ist einfach unnatürlich, so viel Zeit mit ihnen zu verbringen. Und außerdem ziemlich anstrengend. Als ich ins Bett ging, war ich fix und fertig. Jetzt lebe ich schon seit einem ganzen Monat in einem Zimmer ohne Fernseher.

Montag, 11. März

Du wirst nicht glauben, was Theo mir heute erzählt hat.

Jeden Morgen um Punkt sieben setzt sich seine ganze Familie an den Küchentisch, um sich »positiv zu verstärken«. Manchmal sagt sein Vater zum Beispiel die eiserne Regel des

Erfolgs auf: »Ziel anvisieren, Ziel erreichen und den Erfolg feiern.« Danach wiederholen Theo und seine Schwester diesen Satz ungefähr fünfzig Mal im Chor.

Oder Theos Vater ruft seinem Sohn zu: »Ich muss mich mehr anstrengen!«, und Theo brüllt den Satz so laut er kann zurück. Heute haben sie ihren Tag mit dem aufmunternden Satz »Sei nie zufrieden mit dir – versuche stets, noch besser zu werden« begonnen.

Ich hab echt den Mund nicht mehr zugekriegt, als ich das hörte. Was für ein Theater! Dann malte ich mir aus, wie Theos restlicher Tag aussah: bis halb vier Schule mit den anderen Sträflingen, danach im Laufschritt zum Waldhorn-Unterricht oder etwas ähnlich Schrecklichem. Und anschließend nach Hause, um drei Stunden lang Hausaufgaben zu machen.

Mal ehrlich, was ist denn das für ein Leben? Ich versicherte Theo, dass es für uns alle das Beste wäre, wenn Kinder wieder Schornsteine kehren würden wie in den guten alten Zeiten. Zuerst einmal waren die Arbeitszeiten damals kürzer. Und Kaminkehrer bekamen wenigstens ab und zu mal einen freien Tag.

Theo dagegen kann noch nicht mal am Wochenende machen, was er will. Sein Leben ist bis auf die letzte Minute verplant. Ich wollte wissen, ob er nicht manchmal die Nase voll hat von dem ganzen Stress. Er senkte die Stimme und gab zu, es werde ihm manchmal alles etwas zu viel.

»Manchmal träume ich sogar nachts von meinen Hausaufgaben«, sagte er.

»Was für eine Verschwendung«, erwiderte ich.

»Ich kann nun mal an nichts anderes mehr denken als an

Schule und Hausaufgaben. Manchmal haue ich einfach ab und laufe ein bisschen im Park herum … so hab ich wenigstens kurz mal meine Ruhe. Aber irgendwann muss ich immer wieder zurück.« Er seufzte. »So ist das nun mal: Wenn du im Leben etwas erreichen willst, musst du hart dafür arbeiten, stimmt's?«

Dienstag, 12. März

In welcher Schule muss man weder schreiben noch rechnen?

In der Baumschule.

Tut mir leid, der war nicht so toll. Aber ich hab gerade wieder einen furchtbaren Abend mit meinen Eltern hinter mir.

Von dem Moment an, als ich nach Hause kam, wichen sie mir nicht mehr von der Seite. Wie zwei Leibwächter. Und jedes Mal, wenn ich in ein anderes Zimmer ging, verfolgte mich einer von ihnen. Als Nächstes stellen sie sich wahrscheinlich mit einer Stoppuhr vor die Klotür, wenn ich mal muss! Komme mir vor wie im Hochsicherheitstrakt dieser Jugendstrafanstalten, in denen man keine Sekunde aus den Augen gelassen wird.

Mittwoch, 13. März

Wenn du jemanden im Gefängnis besuchst, fragst du ihn doch bestimmt nicht fröhlich: »Na, hattest du einen schönen Tag?« Denn du wüsstest die Antwort schon vorher: »Mein Tag war genauso beschissen wie immer.« Und du würdest garantiert nicht noch weiter fragen: »Und wie lief's beim Toiletteneimer-Ausleeren? Bist du gut vorangekommen?«

Meine Eltern hingegen wollen in letzter Zeit immer alles über meinen Schultag wissen. Dabei finde ich nichts schlimmer, als die schlechte Stimmung aus der Schule mit nach Hause zu bringen. Bisher war es immer so, dass mein Tag nach der Schule erst richtig angefangen hat. Aber jetzt … jetzt verfolgt mich die Schule täglich bis nach Hause.

Donnerstag, 14. März

Heute hat Elliot einen richtigen Wutanfall bekommen und Mum angeschrien.

»Ich hab heute in der Schule fünf Seiten geschrieben und ein ganzes Kapitel gelesen, und jetzt bin ich sehr müde, also lass mich endlich in Ruhe, Mum!«, brüllte er.

Später hab ich ihm erlaubt, ein bisschen auf meinem Bett herumzuhüpfen, wenn er Lust dazu hat (aus irgendeinem Grund macht ihm das riesigen Spaß). Und es hätte mir noch nicht mal was ausgemacht, wenn die Federn durchgeknallt wären. In diesen düsteren Zeiten müssen Elliot und ich zusammenhalten.

Freitag, 15. März

Elliot ist seit heute Klassenbester im Lesen und Schreiben. Meine Eltern haben sich gar nicht wieder eingekriegt und telefonierten gleich wie wild in der Nachbarschaft herum.

Später verjagte ich Elliot von meinem Bett. Ich sagte ihm, wenn ich ihn noch einmal dabei erwische, wie er auf meinem Bett herumhüpft, würde ich Hackfleisch aus ihm machen.

Montag, 18. März

Als ich heute nach Hause kam, saßen Mum und Olympias Mutter in der Küche und waren in ein Gespräch vertieft (Olympia und Elliot waren gerade bei der Kunsterziehung).

Mum schwärmte von Elliot und seinen fantastischen Fortschritten. Dann senkte Olympias Mutter die Stimme – so wie man es macht, wenn man über einen kürzlich Verstorbenen spricht – und fragte: »Und wie kommt Luis voran?«

Danach war es erst mal einen Moment still. Dann schluckte Mum heftig und sagte: »Oh, Luis … Luis war schon immer so was wie ein Spätzünder. Er hat spät angefangen zu laufen und zu sprechen. Was die Schule angeht … tja, also, ich bin mir ganz sicher, er wird uns alle irgendwann noch sehr überraschen.«

So ist das also – ich bin ein Spätzünder. Oder ein Spätentwickler. Denn das ist es doch, was Mum wirklich meint, oder? Aber ich werde mich nie zu einem zweiten Theo entwickeln. Schon allein deswegen nicht, weil mein Gehirn keine besonders lange Laufzeit hat und Schulstoff nur in kleinen Portionen bewältigen kann (allerhöchstens zwanzig Minuten).

Aber das ist mir egal. Ganz ehrlich. Überhaupt nicht egal ist mir jedoch, dass Mum und Dad in letzter Zeit immer so tun, als wäre ich ein totaler Versager. Das ist nämlich ganz schön verletzend.

Ein Wunder, dass sie mich nicht im Keller verstecken wie den Elefantenmenschen aus diesem alten Film und erst wieder herauslassen, wenn ich lauter Einsen schreibe. Außerdem finde ich es echt das Letzte, dass sie … aber nun genug von dem Thema.

Stattdessen erzähl ich dir lieber einen Witz. Der wird dir bestimmt gefallen:

Zwei Spatzen sitzen auf einem Baum und schauen einem Düsenjäger hinterher, der mit einem langen Kondensstreifen über den Himmel jagt.

»Der hat es aber eilig«, sagt der eine Spatz.

Erwidert der andere: »Na klar, was würdest du denn machen, wenn dir der Hintern qualmt?«

Hier kommt noch einer. Der gehört zu meinen Lieblingswitzen: *Was sagt die Perücke, während sie über die Straße fliegt?*

»Ich hab völlig den Kopf verloren.«

Ich wette, bei dem musstest du grinsen! Solange sich die Lage hier nicht verbessert, werde ich einfach nur noch Witze aufschreiben. Es hat schließlich keinen Zweck, dir auch noch die Laune zu verderben, liebes Tagebuch.

Dienstag, 19. März

Ich hab fünf Nasen, sechs Ohren und sieben Münder.
Was bin ich?

Total hässlich!

Mittwoch, 20. März

88 Schornsteine plus 7 Schornsteine plus 11 Schornsteine plus 3,5 Schornsteine minus 27 Schornsteine. Was kommt heraus?

Rauch!

Donnerstag, 21. März

Warum sind Scherzfragen so gefährlich?
Weil man sich den Kopf zerbrechen kann.

Freitag, 22. März

Wozu braucht man eigentlich Eltern? Nein, das ist keine neue Scherzfrage. Ich hab in letzter Zeit viel darüber nachgedacht und bin zu folgendem Ergebnis gekommen: Man braucht Eltern, weil sie einem Essen, Kleidung und ein Dach überm Kopf geben. Außerdem kutschieren sie einen in der Gegend herum und zahlen Taschengeld. Und das war's auch schon. Das sind ihre wesentlichen Aufgaben.

Ich schätze, es ist auch ganz nützlich, sie in der Nähe zu haben, falls irgendein Notfall eintritt. Sie sollten also stets in Bereitschaft sein. Aber ansonsten sollen sie sich gefälligst zurückziehen und immer schön im Hintergrund halten. Denn wer will schon Eltern wie meine, die ständig Aufmerksamkeit brauchen?

Selbst wenn ich mich nach Tonnen von Hausaufgaben endlich ein bisschen ausruhen will, treibt sich immer einer von ihnen in meiner Nähe herum (wenn nicht sogar alle beide). Und sie sitzen dann nicht etwa ruhig auf dem Sofa und drehen Däumchen wie normale Eltern. Nein, sie reden mit mir! Und selbst das könnte ich noch irgendwie ertragen, wenn sie nicht andauernd über Geschichte, Algebra oder Weltpolitik quatschen würden. Sie versuchen die ganze Zeit, mir unauffällig ein bisschen Wissen einzutrichtern, und sie lassen mich keine Sekunde in Ruhe.

Weißt du, an was ich leide? An Elternüberdruss. Ich versuche mir ständig einzureden, dass sie nur irgendeine komische Phase durchmachen. Durch den schlechten Einfluss unserer Nachbarn sind sie ein wenig auf Abwege geraten, aber wenn ich viel Geduld mit ihnen habe, werden sie es schon überstehen. Und eines Tages werde ich mit Mum und Dad über all das hier lachen.

Aber was, wenn es einfach immer so weitergeht? Was soll ich dann tun?

Samstag, 23. März

Heute bin ich ausgeflippt.

Meine Eltern haben mich tatsächlich gefragt, ob ich gerne einen bescheuerten, stinklangweiligen Nachhilfelehrer hätte, der mir bescheuerten, stinklangweiligen Nachhilfeunterricht in Mathe und Englisch geben soll – und zwar *in den Ferien!!!* Schrecken meine Eltern denn vor gar nichts mehr zurück? Bevor ich antworten konnte, fingen sie an, von dieser alten Schachtel zu schwärmen, die sie in irgendeinem Heim für altersschwache Lehrer aufgetan hatten und die ab Montag jeden Vormittag um zehn zu uns kommen soll.

Das war eindeutig der Tropfen, der das Fass zum Überlaufen brachte. Ich schäumte vor Wut und schnauzte meine Eltern an: »Kein Nachhilfelehrer, nur über meine Leiche!« Dann stürmte ich nach oben.

Ich raste selten so richtig aus, darum herrschte danach erst mal bestürztes Schweigen. Später kam Mum in mein Zimmer und brachte mir etwas Heißes zu trinken. Sie verzichtete darauf, mir eine Strafpredigt zu halten. Im Gegenteil, sie war sehr nett und freundlich, wenn man die Umstände bedenkt. Aber dann, als sie fast schon wieder aus der Tür war, sagte sie: »Wir reden morgen noch mal über den Nachhilfeunterricht.«

Sonntag, 24. März

Weder Mum noch Dad haben den Nachhilfelehrer heute ein einziges Mal erwähnt. Schätze, das ist ein kleiner Sieg für mich. Stattdessen fragten sie, ob ich zu einem Theaterkurs gehen wolle, von dem sie gerade erfahren hatten. Er findet an sechs Vormittagen in den Osterferien im Dorfgemeinschaftshaus statt. Sie meinten, das höre sich doch »sehr lustig« an. Ich werde immer sofort misstrauisch, wenn Eltern etwas als »lustig« bezeichnen. Normalerweise ist es dann nämlich das genaue Gegenteil!

Aber vielleicht kann ich dort ja tatsächlich etwas Nützliches für meine Karriere als Komiker lernen (schließlich sind viele Komiker gleichzeitig Schauspieler). Außerdem hab ich dann eine Weile Ruhe vor Mum und Dad.

Darum sagte ich: »Okay, ich schau's mir mal an.«

Hoffentlich bereue ich das nicht noch.

Maddy betritt die Bühne

Montag, 25. März

War heute beim ersten Treffen des Theaterkurses. Es machen ungefähr fünfzehn Leute mit, die zu Beginn alle etwas verloren in der großen Aula herumstanden. Der Kursleiter heißt Todd Wallace. Er ist ziemlich jung und total enthusiastisch. Rennt die ganze Zeit wie ein Aufziehmännchen durch die Gegend. Fehlt nur noch, dass er anfängt, Purzelbäume zu schlagen.

Er erzählte uns, er habe eine Weile als Lehrer gearbeitet, aber die Schauspielerei sei seine wahre Liebe. Und er habe in der Serie *Das Revier* mitgespielt. Er ist also tatsächlich ein echter Schauspieler. Dann fing er an, von der aufregenden Reise zu schwärmen, auf die er uns mitnehmen wollte. Ich dachte, super, wir machen einen Ausflug! Aber dann sagte er, es sei eine Entdeckungsreise in uns selbst. Was für eine Enttäuschung!

Schließlich sollten wir uns alle irgendwo hinstellen und ein paar Wörter ständig wiederholen. Mein erstes Wort war »Biene«. Todd stand vor mir und hörte zu, dann zischte er: »Nein, nein, probier's noch mal, du musst das ›i‹ richtig spüren.«

Ich lächelte und tat so, als wüsste ich, wovon er redete.

Danach mussten wir die Augen schließen und einen Ton summen. Und zwar sollten wir die ganze Zeit unseren eigenen Ton halten und nicht die Töne der anderen übernehmen. Dann sollten wir uns zu zweit zusammentun und uns gegenseitig beim Summen zuhören. Meine Partnerin war ein ziemlich schüchtern aussehendes Mädchen. Ich lächelte ihr zu und fragte: »Willst du zuerst summen?«

Sie lächelte zurück. Da fielen mir plötzlich ihre Augen auf. Sie waren ziemlich klein, aber sie funkelten wie verrückt.

»Das hier ist echt bescheuert, findest du nicht?«, flüsterte sie.

»Stimmt. Und ich glaub auch nicht, dass er wirklich in *Das Revier* mitgespielt hat. Das hat er bestimmt nur erfunden, um uns zu beeindrucken.«

Ihre Augen fingen wieder an zu funkeln und wir stellten uns einander vor. Sie heißt Madeleine, wird aber von allen Maddy genannt.

»Sagen deine Freunde manchmal auch Made zu dir?«, fragte ich.

»Nein, alle denken bloß, dass ich wie eine Made aussehe«, sagte sie und grinste schief.

Man kann ziemlich viel Spaß mit ihr haben. Eigentlich fand ich sie ganz nett.

Danach setzten wir uns alle in einen großen Kreis. Maddy sollte in die Mitte gehen und eine Szene improvisieren. Aber sie senkte den Kopf und flüsterte: »Das möchte ich lieber nicht.« Das hat mich ziemlich überrascht.

Daraufhin wurde ich in die Mitte gerufen. Ich sollte mir einen Jungen vorstellen, der zu spät nach Hause gekommen ist und nun seiner wütenden Mutter gegenübersteht. Erst war ich total nervös, aber dann dachte ich an Mum und überlegte, was ich in so einer Situation wohl zu ihr sagen würde. Ich würde auf jeden Fall versuchen, gute Laune zu verbreiten und meine Mutter zum Lachen zu bringen. Darum sagte ich als Erstes: »Hi, Mum, alles fit im Schritt?« Die anderen lachten. Sie lachten auch über den nächsten Satz und über fast alles, was ich sonst noch von mir gab. Ich blieb Ewigkeiten in der Mitte. Und soll ich dir was sagen? Ich hätte am liebsten den ganzen Tag so weitergemacht. Meine Güte, was bin ich doch für ein Angeber!

Dienstag, 26. März

Heute mussten wir zu Beginn des Theaterkurses alle so tun, als wären wir Möbel. Es gab jede Menge Schränke und Schreibtische, aber ich war eine Stehlampe. Wenn ich eingeschaltet wurde, erschien ein breites, dämliches Grinsen auf meinem Gesicht, und wenn mich jemand ausschaltete, wurde ich ganz schlaff und fiel in mich zusammen. Todd sagte, meine Improvisationen würden sich in die richtige Richtung entwickeln.

Und dann fingen wir endlich an, richtig Theater zu spielen. Wir lasen ein Stück von Willy Russel mit verteilten Rollen laut vor. Es heißt *Der Ausflug*. Ich bekam die Rolle eines frechen Schuljungen namens Reilly und musste deshalb gar nicht groß schauspielern. Maddy spielte Mrs Kay, eine der Lehrerinnen. Sie kriegte die Stimme und die Betonung absolut klasse hin und klang genauso wie eine echte Lehrerin. Ich war total beeindruckt.

Nach dem Kurs kam sie zu mir rüber und sagte: »Du warst vorhin prima als Reilly. Ich musste richtig lachen, und das passiert mir wirklich nicht oft.«

»Vielen Dank«, antwortete ich. »Dafür hast du die Stimme der Lehrerin super hingekriegt.«

Aber das nahm sie mir nicht ab. »Unsinn«, sagte sie und schüttelte heftig den Kopf. »Ich kann nicht vor Publikum spielen. Ich hasse es!«

Hinterher fragte ich mich, warum sie überhaupt hier war, wenn sie es so sehr hasste, vor anderen Leuten zu spielen.

Donnerstag, 28. März

Heute hatten wir das letzte Mal vor Ostern Theaterkurs. Am Dienstag geht's wieder weiter. Und du wirst nicht glauben, was nach dem Kurs passiert ist. Maddy kam zu mir rüber und fragte ganz selbstverständlich: »Wollen wir am Dienstag nach dem Kurs zusammen was trinken? Ich kenne hier ganz in der Nähe ein Café, da könnten wir hingehen, wenn du magst.«

Ich war vor Überraschung wie gelähmt, aber ich konnte trotzdem antworten. »Klar, cool.«

»Es gibt da nämlich etwas, was ich dich unbedingt fragen muss …«

Mehr verriet sie nicht, sondern ließ mich einfach stehen. Ich wüsste zu gerne, was sie mich fragen will. Vielleicht, liebes Tagebuch, fragt sie mich ja, ob ich mit ihr gehen will. Mann, das wäre echt zum Brüllen komisch. Ha, ha, ha.

Und noch mal ha, ha, ha.

Samstag, 30. März

Bis jetzt wollte noch nie ein Mädchen mit mir gehen. Kaum zu glauben, aber wahr.

Montag, 1. April

Hab immer noch keine Ahnung, was ich mache, wenn Maddy mich morgen fragt, ob ich mit ihr gehen will. Aber ich würde nicht Nein sagen, so viel ist sicher.

Dienstag, 2. April

Sah heute beim Theaterkurs etwas schicker aus als sonst (ich hatte mir die Haare gekämmt). Während des Vormittags lächelten Maddy und ich uns ein paarmal zu. Das war irgendwie auf eine kranke Art und Weise süß. Nach dem Kurs gingen wir in das Café. Es waren nur noch zwei Plätze neben einem pickeligen Typen frei, der gerade ein Schinken-Sandwich hinunterschlang.

Zum Glück war es trotzdem total leicht, sich mit Maddy zu unterhalten. Erst haben wir die üblichen Informationen ausgetauscht: Maddy ist genauso alt wie ich, nämlich zwölf, sieht aber älter aus, weil sie so groß ist (einen halben Kopf größer als ich). Sie hat zwei »unerträgliche« Zwillingsschwestern und geht auf eine reine Mädchenschule, die einen knappen Kilometer von meiner Lernhölle entfernt liegt.

Dann verschwand der Schinken-Sandwich-Esser und wir konnten endlich Klartext reden.

»Es gibt da etwas, was ich dich fragen möchte«, sagte Maddy.

Jetzt kommt's, dachte ich. Ich nahm einen kleinen Schluck von meinem Kakao und hoffte, dass kein Schaum an meinem Mund hängen geblieben war.

»Aber zuerst muss ich ein bisschen ausholen. Solange ich denken kann, wollte ich eine berühmte Schauspielerin werden«, erzählte sie. »Das war immer mein Traum. Und dann bekam ich vor ein paar Jahren meine große Chance: Ich sollte die Nancy in *Oliver Twist* spielen. Eine fantastische Rolle. Ich lernte den ganzen Text auswendig, aber dann, kurz bevor ich auf die Bühne gehen sollte, kotzte ich alles voll.« Sie lachte ein bisschen. »Ich hab extra gewartet, bis du deinen Kakao zu Ende getrunken hast, bevor ich dir das erzähle.« Doch dann sah sie plötzlich ganz traurig aus und berichtete, wie sie wegen ihres Lampenfiebers die Nancy nicht hatte spielen können. Schließlich war ein anderes Mädchen eingesprungen und hatte die Rolle übernommen.

Sie tat mir wirklich leid, aber ich fragte mich trotzdem, was das alles damit zu tun hatte, dass sie mit mir gehen wollte.

»Ich wusste, ich würde es mit meinem Lampenfieber als Schauspielerin nicht besonders weit bringen«, fuhr sie fort. »Darum bin ich stattdessen Talentsucherin geworden.«

»Seit wann?«, fragte ich.

»Seit letztem Montag. Ich bin nur deshalb in der Theatergruppe, weil ich nach Leuten suche, die das Zeug zum Star haben. Und da ist mir sofort dein komisches Talent aufgefallen.«

Ungefähr zu diesem Zeitpunkt dämmerte mir allmählich, dass sie keineswegs mit mir gehen wollte. Sie war nur an meinem komischen Talent interessiert. Das war wirklich eine herbe Enttäuschung. (Ganz schön tragisch, ich weiß.)

»Wenn du mein erster Klient wirst«, fuhr sie fort, »werde ich alles tun, was in meiner Macht steht, damit sich dein Schicksal erfüllt.«

Ich wurde ein wenig misstrauisch. »Muss ich dafür was bezahlen?«

»Nein«, antwortete sie. »Ich bin gleichzeitig deine Agentin, also verdiene ich nur was, wenn du auch was verdienst. In diesem Fall bekomme ich zehn Prozent deiner Einnahmen, um meine Kosten zu decken und andere Talente zu fördern, die ich in Zukunft noch entdecken werde. Meine Agentur ist gemeinnützig und nicht am Profit orientiert. Also, was meinst du?«

Mir fehlten tatsächlich ausnahmsweise mal die Worte. Maddy war offensichtlich total durchgeknallt. Aber was hatte ich schon zu verlieren? Also tauschten wir Telefonnummern aus. Sie gab mir eine Visitenkarte, und unter ihrem Namen stand: »Talentsucherin und Agentin«. Als wir uns verabschiedeten, sagte sie: »Ich werde hart für dich arbeiten, Luis.«

Donnerstag, 4. April

Heute hat mich Todd nach dem Kurs zu sich gerufen und sich für meine »spitzenmäßige Mitarbeit« bedankt. Außerdem fragte er, ob ich irgendwelche schauspielerischen Ambitionen hätte. Also erzählte ich ihm, dass ich Komiker werden will und auch schon einen Talentwettbewerb gewonnen habe. Das fand er total interessant. Hätte ich mir ja denken können.

Dann quatschten wir eine ganze Weile über Comedy. Er sagte, die besten Komiker seien die, die nicht nur einen Witz nach dem anderen erzählen, sondern das ganze Leben unter einem komischen Blickwinkel betrachten. Er schlug mir vor, ein paar gute humoristische Bücher zu lesen. Morgen bringt er mir eins mit.

Freitag, 5. April

Heute haben wir eine kleine Vorstellung für unsere Eltern gegeben. Erst machten wir ein paar Improvisationsübungen. (Unter anderem eine, bei der wir alle Blumen und Bäume sein sollten. Ich kam mir vor wie der letzte Idiot.) Dann führten wir einen Auszug aus *Der Ausflug* vor. Ich spielte wieder Reilly, aber Maddy hatte sich leider geweigert, Mrs Kay vor Publikum zu spielen. Das Mädchen, das die Rolle schließlich übernahm, war nicht halb so gut wie sie.

Meine Mutter war auch da. Todd erzählte ihr, ich sei ein sehr vielversprechender Schüler und hätte eindeutig komisches Talent. Aber Mum zog die ganze Sache nur ins Lächerliche und meinte: »Das brauchen Sie mir nicht zu sagen, ich bekomme tagtäglich Kostproben von Luis' komischem Talent.«

Todd hat mir ein furchtbar altes Buch geliehen, *Ohne mich, Jeeves* von P. G. Wodehouse. Es ist echt dick, aber ich werd's trotzdem mal versuchen. Todd hat mir seine Adresse gegeben, meinte jedoch, es habe keine Eile mit dem Zurückschicken.

Habe mich von Maddy verabschiedet. Ich werde sie irgendwie vermissen, auch wenn sie ein völlig verrücktes Huhn ist. Sie sagte, sie habe große Pläne für mich und würde sich bald bei mir melden. Ich glaub ja immer noch, dass sie ein bisschen auf mich steht.

Meine große Chance

Montag, 8. April

Als ich morgens aufwachte, fühlte ich mich so ausgeruht wie ein frisch gelegtes Ei. Aber dann fiel mir ein, dass ich ja heute wieder zurück in die Lernhölle musste. Mein ganzer Körper wurde plötzlich total starr und ich konnte mich nicht mehr bewegen. Als Mum hereinkam, um nachzusehen, warum ich noch nicht angezogen war, sagte ich ihr, sie solle sich nicht aufregen, aber ich wäre leider vorübergehend gelähmt.

Sie seufzte nur und erwiderte: »Ach, Luis, dafür habe ich wirklich keine Zeit. Steh jetzt endlich auf!«

Irgendwie schaffte ich es, mich aus dem Bett zu quälen.

Leider war keine einzige Sekunde des heutigen Schultages es wert, dafür aufzustehen. Vor lauter Langeweile hätte ich fast angefangen, meine Finger anzuknabbern. Am liebsten wäre ich wieder beim Theaterkurs gewesen und hätte mich in einen Vollkornkeks hineinversetzt.

Dann kam ich nach Hause und verbrachte einen weiteren fröhlichen Abend unter Hausarrest. Was soll ich nur mit meinen Eltern machen? Es wird immer schlimmer mit ihnen. Wenn sie sich doch bloß irgendein neues Hobby suchen könnten! Dann wären sie aus dem Haus und ich hätte meine Ruhe. Wie wär's zum Beispiel mit Wandern? Ein Junge an meiner alten Schule hatte Eltern, die begeisterte Wanderer waren. Manchmal waren sie sogar über eine Woche unterwegs. Oh Mann, was für eine herrliche Vorstellung! Ich muss meine Eltern unbedingt auch dazu überreden.

Dienstag, 9. April

Habe heute Abend alles versucht, um meine Eltern fürs Wandern zu begeistern, aber es hat nicht funktioniert. Sie behaupteten, keine großen Fans von Bewegung an der frischen Luft und im Grunde ihres Herzens Stadtmenschen zu sein. Dann fing Mum an, über Blasen an den Füßen zu schwafeln. Ich versprach ihr, diese Blasen-Pflaster für sie zu kaufen, die immer im Fernsehen angeboten werden, aber selbst das konnte sie nicht umstimmen. Als Nächstes werde ich ihnen einen Tanzkurs oder Rhythmische Sportgymnastik vorschlagen.

Musste heute ein bisschen an Maddy denken. Hätte sie fast angerufen, einfach nur so aus reiner Nettigkeit.

Elliot hat eine neue, sehr unangenehme Angewohnheit: Er bekommt ständig goldene Sternchen in der Schule.

Mittwoch, 10. April

Hab heute wieder eine Drei gekriegt. Mum presste beim Anblick der Note die Lippen zusammen und wurde ganz still.

Später platzte Dad in mein Zimmer, als ich mich gerade eine Minute ausruhte, und seufzte: »Ach, Luis, wann fängst du endlich an, dich etwas mehr anzustrengen? Du versuchst es gar nicht richtig, stimmt's?«

Und ob ich es versuche! Aber ich bin nun mal nicht der hellste Kopf der Welt. Ich weiß das und akzeptiere es. Warum können meine Eltern das nicht auch tun?

23.30 Uhr

Bin aufgewacht und habe gehört, wie meine Eltern leise Kriegsrat halten. Ich wette, sie reden über mich. Das schwarze Schaf der Stadt. Früher hab ich sie amüsiert und zum Lachen gebracht, aber das ist jetzt vorbei. Nun bin ich nur noch *ein echter Problemfall.*

Eltern haben dieses ganz besondere Talent, einem das Gefühl zu geben, man sei der letzte Dreck. Das ist eine ihrer unangenehmsten Eigenschaften.

Donnerstag, 11. April

Vorhin sind meine Eltern gemeinsam in meinem Zimmer erschienen.

Dad verkündete: »Wenn du in einer deiner nächsten Hausaufgaben mindestens eine Zwei bekommst, geben wir dir als Belohnung zwanzig Pfund …«

»… und einen Teddybären«, unterbrach ich ihn.

Aber weder Mum noch Dad lächelten.

»Wir wollen dich mit dem Geld nicht bestechen«, fuhr Mum fort. »Es soll nur eine zusätzliche Motivation sein.«

Das glaube ich ihr natürlich aufs Wort. So langsam sind meine Eltern offenbar richtig verzweifelt.

Freitag, 12. April

Habe Theo heute ein Angebot gemacht, das er nicht ablehnen konnte. Er kriegt zehn Pfund, wenn er mich einen Teil seiner Mathe-Hausaufgaben abschreiben lässt (nicht alles, ich bin schließlich nicht gierig. Nur so viel, dass es für eine Zwei reicht).

Erst war Theo total entsetzt. Aber dann erklärte ich ihm: »Wenn du Ja sagst, machst du damit vier Menschen sehr glücklich: meine Mutter, meinen Vater, mich – und dich selbst.«

Das Geschäft war noch vor Beginn der ersten Stunde unter Dach und Fach.

Montag, 15. April

Mrs Archer, meine Mathe-Lehrerin, teilte mir heute mit, ich hätte eine Zwei in meinen Hausaufgaben bekommen. Sie schien ein wenig misstrauisch zu sein. Aber meine Eltern waren völlig aus dem Häuschen. Mum starrte die Zwei an, als wäre sie mindestens das zwölfte Weltwunder. Dad musste sich die Nase putzen und krächzte: »Gut gemacht, Luis. Wir wussten doch, dass du es kannst!«

Später hörte ich, wie Dad in der Küche zu Mum sagte: »Siehst du, Luis brauchte nur einen Anreiz, das war alles.«

Ich habe angefangen, das Buch zu lesen, das Todd mir geliehen hat: *Ohne mich, Jeeves.* Es geht um einen völlig vertrottelten Typen und seinen schlauen Diener namens Jeeves. Es stehen zwar keine richtigen Witze drin, aber die Geschichte ist trotzdem ziemlich lustig.

Hätte wieder fast bei Maddy angerufen. Eigentlich hätte sie sich inzwischen mal bei mir melden können. Was ist aus all den hochfliegenden Plänen geworden, die sie für mich hatte?

Dienstag, 16. April

Bin heute in der Schulbücherei zufällig auf einen Aushang für einen Salsa-Tanzkurs gestoßen: »Salsa macht Spaß, hält fit und ist für jedes Alter geeignet. Schauen Sie doch einfach mal bei unserem Einführungskurs am Dienstagabend vorbei!«

Ich weiß zwar nicht genau, was Salsa ist, aber Dad hält sich schließlich für einen guten Tänzer (ha, ha!), und auf dem Foto, das auf dem Zettel abgedruckt war, sah es nach einer ziemlich schweißtreibenden Beschäftigung aus. Also genau das Richtige, um meine Eltern ordentlich auszupowern. Ich machte eine Kopie von dem Aushang und fragte meine Eltern beim Abendbrot: »Wollt ihr Spaß haben und euch gleichzeitig fit halten?« Keiner von ihnen antwortete, sie sahen mich nur überrascht an. »Ich dachte, das hier interessiert euch vielleicht. Es geht um einen Salsa-Kurs, bei dem viele Eltern meiner Mitschüler mitmachen. Zumindest die jüngeren.«

»Also nichts für uns«, sagte Dad sofort. Er macht ständig Sprüche über sein Alter. Aber den Zettel sah er sich trotzdem ziemlich interessiert an. Mum beobachtete ihn dabei und lächelte.

»Ich hab schon davon gehört«, sagte Dad. »Ein Kollege von mir geht da hin. Scheint ganz nett zu sein.« Er gab den Zettel an Mum weiter. Sie lächelte, als sie ihn las. Ich glaube, sie haben tatsächlich angebissen!

Mittwoch, 17. April

Heute fand nach dem Unterricht ein Fußballspiel statt. Meine Schule gegen irgendeine andere versnobte Schule. Der ganze Sportplatz wimmelte nur so von Eltern.

Ich saß auf der Ersatzbank, darum war nur Mum gekommen (mit Elliot). Theo ist der beste Stürmer unserer Mannschaft (ja, unerträglicherweise ist er auch noch ein super Fußballer), darum standen Mike und Penny natürlich ganz vorne in der ersten Reihe. Mike lief sogar auf das Fußballfeld, um Theo vor dem Spiel noch ein paar letzte Anweisungen zu geben (»Denk dran: volle Konzentration!«), sehr zum Ärger des Schiedsrichters, der gleichzeitig unser Sportlehrer ist und auch Riesenzwerg genannt wird (er ist ziemlich klein, läuft aber immer total wichtigtuerisch durch die Gegend und kann einen furchtbar anschnauzen).

Dann ging das Spiel los. Jede Menge mit Smartphones bewaffnete Eltern feuerten ihre Kinder an: »Ran an den Ball!«, »Spiel nach vorne!« und »Greif endlich an!«

Ehrlich gesagt sahen die meisten Angriffe für mich eher wie Mordversuche aus.

In der zweiten Halbzeit stand es immer noch null zu null, als Theo den Ball plötzlich im Netz versenkte. Begeisterter Jubel von den Eltern unserer Schule – bis der Riesenzwerg Abseits pfiff. Ich sah zu Mike hinüber. Er schwankte hin und her wie ein angeschossener Bulle. Dann stürmte er plötzlich auf den Platz.

Er sah ziemlich furchteinflößend aus, aber auch aus Riesenzwergs Augen sprühten Funken. Die beiden gerieten ordentlich aneinander. Sie flüsterten und zischten, bis Mike schließlich rief: »Scheiß-Schiri, geh doch nach Hause!«

Der Schiedsrichter jaulte vor Wut auf und ein paar Sekunden später hätte es garantiert ein riesiges Blutbad gegeben. Aber leider machte Spucki dem Spaß ein Ende und krächzte: »Schluss damit! Sofort aufhören!«

Ein Blick auf Spuckis Augenbrauen reichte, um sogar Mike einzuschüchtern. Dann erklärte Spucki, Entscheidungen des Schiedsrichters seien immer endgültig und eine Einmischung von Außenstehenden werde nicht geduldet. Schließlich befahl er Mike, das Schulgelände zu verlassen. Mike schlurfte davon und sagte laut zu Penny (die mit Sonnenbrille und Kopftuch völlig aufgelöst neben ihm herflatterte), er könne nun mal nicht danebenstehen und tatenlos zusehen, wie sein Sohn um den Augenblick seines Triumphs gebracht werde – und die Sache sei noch nicht ausgestanden.

Danach kam das Spiel nicht mehr richtig in Schwung. Mike wartete vor dem Schultor und lehnte mit verschränkten Armen an seinem Auto wie ein schmollender Teenager. Ein paar Eltern gingen zu ihm rüber und boten ihm Unterstützung an.

»Das wird noch ein Nachspiel haben«, sagte er immer wieder. »Ich hab Zeugen!«

Mum schien ziemlich entsetzt über Mikes kleinen Ausraster zu sein. Und ich? Ich machte mir vor Lachen fast in die Hose!

Donnerstag, 18. April

Traf mich heute vor der Schule mit Theo, um eine weitere geschäftliche Transaktion durchzuführen. Ich beschloss, taktvoll zu sein und den peinlichen Auftritt seines Vaters nicht zu erwähnen, aber Theo faselte selbst die ganze Zeit davon, wie sein Dad beinahe den Schiedsrichter verprügelt hätte.

»Mein Vater hat sich bloß für mich eingesetzt«, sagte er stolz. »Er würde alles für mich tun. Wirklich alles.«

Abends kam Mike vorbei, um ein bisschen mit meinen Eltern zu quatschen. Er war nachmittags in die Schule bestellt worden, und dort hatten sie ihm gesagt, wenn er die Angelegenheit weiter verfolgen würde, würde Theo aus der Mannschaft fliegen.

»Wenn das keine glasklare Erpressung ist, was ist es dann?«, rief er und fügte empört hinzu: »Und schließlich hatten sie doch tatsächlich die Nerven, mir unsportliches Verhalten vorzuwerfen. Mir, der ich dabei geholfen habe, Tausende von Pfund für die neue Sporthalle dieser Schule zu beschaffen!«

Außerdem musste er auf Wunsch der Schulleitung einen Entschuldigungsbrief an den Riesenzwerg schreiben.

»Das ist mir wirklich nicht leichtgefallen«, sagte Mike. »Ich hätte dem Typ wesentlich lieber eine ordentliche Abreibung verpasst. Aber welchem Vater wäre das nicht so gegangen?«

Bei diesen Worten verzog er grimmig das Gesicht und ballte seine Hände zu Fäusten. Ich fand das ziemlich faszinierend, doch Dad sah ein wenig beunruhigt aus.

Da klingelte plötzlich das Telefon und Mum ging ran. Es war Maddy! Ich hörte, wie Mum zu Dad und Mike sagte: »Gerade hat ein Mädchen für Luis angerufen!« Sie klang so verblüfft, als hätte sie einen Marsmenschen am Telefon gehabt, der ein bisschen mit mir quatschen wollte.

Ich freute mich total über Maddys Anruf, war aber irgendwie etwas gehemmt. »Hallo, wie geht's?«, fragte ich.

»Gut. Mir geht's gut, danke.« Sie klang auch etwas verlegen. »Ich hab ein Vorsprechen beim Fernsehen für dich.«

»Wahnsinn!« Ich war total beeindruckt.

»Eine neue Talentshow für Kinder. Ich hab die genauen Teilnahmebedingungen und ein Anmeldeformular. Wir sollten uns möglichst bald deswegen treffen.«

»Auf jeden Fall. Soll ich morgen zu dir kommen?«

Sie senkte die Stimme. »Die Sache ist die, bei uns wird morgen ganz schön was los sein. Meine Schwestern haben ein paar Freunde eingeladen, und die machen sich bestimmt wieder im ganzen Haus breit – wie immer.«

»Dann komm doch einfach zu mir. Du kannst bei uns Tee trinken, wenn du magst.«

Sie mochte – und damit war die Sache abgemacht. Später teilte ich meinen Eltern mit, dass Maddy morgen zum Tee vorbeikommen würde. Natürlich dachten sie gleich, wir wären irgendwie zusammen, und bombardierten mich mit tausend Fragen. (Ich erklärte ihnen gar nicht erst, dass Maddy meine Agentin ist. Das hätten sie sowieso nicht verstanden.) Aber das war zumindest mal eine nette Abwechslung von der ständigen Fragerei nach der Schule. Leider konnten sie es nicht lassen, mich andauernd mit völlig bescheuerten Vorschlägen zu nerven. Sogar als ich im Bett lag und mich endlich einigermaßen sicher fühlte, steckte Mum den Kopf noch mal zur Tür herein und fragte: »Hast du dir auch die Zähne geputzt? Mädchen mögen es nämlich nicht besonders, wenn ein Junge Mundgeruch hat.«

»Gute Nacht, Mum«, murmelte ich mit zusammengebissenen Zähnen.

Freitag, 19. April

Habe heute in Mathe wieder eine Zwei bekommen. Dad hatte einen Kloß im Hals, und einen furchtbaren Moment lang dachte ich tatsächlich, er würde anfangen zu heulen.

»Ich bin stolz auf dich, mein Sohn«, flüsterte er. »Ich wusste doch, dass du dich erst eingewöhnen musstest ... Gut gemacht, Luis!« Dann gab er mir wieder zwanzig Pfund (die ich natürlich mit Theo teilen werde).

Mum meinte, es wäre doch nett, wenn ich für Maddy meinen besten Anzug anziehen würde. Den Anzug, der sonst nur für Hochzeiten und Beerdigungen aus dem Schrank geholt wird. Oder für Besuche bei neunzigjährigen Großtanten an irgendwelchen Feiertagen. Den Anzug, in dem ich wie ein totaler Idiot aussehe. Und der darum natürlich genau das richtige Outfit für Maddys Besuch ist.

Ich entschied mich schließlich für ein paar ganz normale (aber trotzdem coole) Klamotten, machte ein bisschen mit meinen Haaren herum, erklärte Mum, warum ich auf keinen Fall eine Krawatte tragen würde, und sprühte mir ein paar Liter von Dads stinkendem Deo unter die Achseln.

Aus irgendeinem unerfindlichen Grund hielten sich meine Eltern die Nasen zu und prusteten los, als ich nach unten kam. Ich war bisher kein bisschen nervös gewesen, aber das änderte sich schlagartig, als Mum anfing, ständig aus dem Fenster zu schauen.

Maddy stand um Punkt sechs mit einer Kuchenplatte vor der Tür. »Mum hat gesagt, ich soll etwas von ihrem Kuchen mitnehmen«, erklärte sie. »Wahrscheinlich schmeckt er ganz furchtbar. Ich war kurz davor, ihn in die nächste Hecke zu schmeißen.«

Eine weitere Unterhaltung war erst mal nicht möglich, weil meine Mutter darauf bestand, eine kleine Hausführung mit Maddy zu machen. Frag mich nicht, warum. Maddy wollte unser Haus schließlich nicht kaufen oder so was.

Dann stieß Dad zu unserer fröhlichen Runde und stellte Maddy genau dieselben Fragen wie Mum zehn Minuten vorher. Währenddessen rannte uns Elliot ständig zwischen den Beinen herum, kicherte und schoss wieder davon.

Maddy und ich durften unseren Tee ohne die anderen im Esszimmer trinken. Aber selbst da brachte Mum ständig irgendwelche Sachen herein und trödelte dabei so lange wie möglich herum. Ich hätte am liebsten gerufen: »Du hast uns den Tee gebracht und jetzt verschwinde wieder!«

Aber schließlich ließen uns meine Eltern doch ein paar Augenblicke in Ruhe. Maddy schwenkte eine Zeitung namens *Theater heute*, von der ich noch nie gehört hatte, die sie aber regelmäßig liest. Hinten auf dem Umschlag war eine große Anzeige abgedruckt:

DIE STARS VON MORGEN

Hat Ihr Kind das Zeug zum Star?
Kann es singen, tanzen, schauspielern,
Witze erzählen oder jonglieren?
Ist es zwischen zehn und vierzehn Jahre alt?
Dann bekommt es jetzt die Chance,
in einer großen neuen Fernsehshow aufzutreten!
Jedes Kind hat fünfundvierzig Sekunden Zeit,
um uns von seinem Talent zu überzeugen.
Das Casting findet statt am:
MONTAG, den 29. APRIL, um 10.00 UHR
IM ROBSON THEATER

Das war sie also, meine große Chance. Ich wollte schon immer im Fernsehen auftreten, und jetzt wird mein Traum vielleicht tatsächlich Wirklichkeit. Natürlich sind fünfundvierzig Sekunden nicht besonders viel, ich muss meine Nummer also sehr sorgfältig vorbereiten. Aber das müsste zu schaffen sein, zumal mir Maddy ihre Hilfe angeboten hat.

Ich kann dir gar nicht sagen, wie aufgeregt wir alle waren. Dann begann Maddy, über die praktischen Einzelheiten zu reden, zum Beispiel darüber, wo das Robson Theater überhaupt ist. Sie hatte schon im Internet nachgesehen und herausgefunden, dass es in Covent Garden in London liegt. Sie zeigte auch auf das Kleingedruckte unter der Ankündigung: »Alle Kinder müssen in Begleitung eines Erziehungsberechtigten erscheinen.«

Also muss meine Mutter mitkommen. Aber ich bin sicher, dass sie mich bei so einer wichtigen Angelegenheit unterstützen wird. Schließlich könnte das hier mein ganzes Leben verändern. Ich muss bloß den richtigen Moment abwarten, um sie zu fragen.

Samstag, 20. April

Große Überraschung am frühen Morgen: Meine Eltern haben mir ein Smartphone geschenkt. Ich wollte schon seit Ewigkeiten eins haben, aber sie waren immer dagegen, weil es angeblich »nur ein extravagantes Mode-Accessoire« sei. Und jetzt haben sie mir plötzlich doch eins gekauft. Es soll eine zusätzliche Belohnung sein, weil ich so fleißig für die Schule gelernt habe.

Um die gute Stimmung auszunutzen, hab ich ihnen auch gleich von dem Vorsprechen erzählt. Aber Eltern sind manchmal wirklich komisch. Wegen einer guten Mathe-Note geraten sie total aus dem Häuschen, wenn es jedoch um etwas wirklich Wichtiges geht (nämlich um meine Chance, reich und berühmt zu werden), wissen sie nicht, was sie davon halten sollen.

»Ich weiß wirklich nicht, ob das der richtige Zeitpunkt ist«, sagte Mum und runzelte die Stirn. »Du hast dich in der Schule gerade einigermaßen gefangen, und dieses Vorsprechen könnte dich wieder aus dem Gleichgewicht bringen.«

»Quatsch, auf keinen Fall«, sagte ich. »Im Gegenteil – wenn ich bei dem Vorsprechen gut abschneide, bekomme ich bestimmt viel mehr Selbstvertrauen. Abgesehen davon, dass ich dann ein Megastar werde.«

Bei dem Spruch mussten beide lächeln und Dad witzelte: »Aber würde es dich denn nicht nerven, im Supermarkt andauernd von deinen Fans belagert zu werden?«

»Ach was, das passiert mir schließlich jetzt auch schon ständig«, sagte ich und grinste.

Ich bin mir ziemlich sicher, dass Mum mit mir nach London fährt. Hauptsache, ich bleibe bei meinen Eltern in der nächsten Woche halbwegs hoch im Kurs. Darum bin ich jetzt immer ekelhaft nett und hilfsbereit. Habe sie auch noch mal nach dem Salsa-Kurs gefragt. Mum sagte, sie wollen Dienstagabend wahrscheinlich mal vorbeischauen.

Juchhu!

Sonntag, 21. April

Maddy rief an und wollte wissen, ob ich meinen Eltern von dem Vorsprechen erzählt hätte und ob sie schon aufgeregt wären. Ich antwortete auf die erste Frage mit »Ja« und auf die zweite mit »Nicht wirklich«. Aber ich erklärte ihr, was den zweiten Punkt betrifft, müssten wir nachsichtig sein, weil meine Eltern schließlich nicht mehr die Jüngsten seien und ihre Arterien von Tag zu Tag stärker verkalken würden.

Ich gebe wirklich mein Bestes, um es mir nicht mit ihnen zu verscherzen. Vom vielen Lächeln tut mir sogar schon das Gesicht weh.

Ob du's glaubst oder nicht: Trotz meines unbestritten guten Aussehens und meines umwerfenden Charmes hat mich noch nie ein Mädchen zu sich nach Hause eingeladen – bis heute. Maddy hat mich nämlich für nächsten Freitag zum Tee eingeladen. Na, was sagst du dazu, liebes Tagebuch?

Montag, 22. April

Die Katastrophe brach heute Morgen um genau fünf Minuten vor halb zehn über mich herein. In diesem Moment erfuhr ich nämlich von dem überraschenden Mathe-Test. Die größte Überraschung dabei wird meine unterirdische Note sein.

Mein kompletter Jahrgang schrieb den Test in der Aula, weil wir uns schon mal daran gewöhnen sollten, unter echten Prüfungsbedingungen zu arbeiten. Dort waren jede Menge völlig gleich aussehender Tische hintereinander aufgebaut. Jetzt weiß ich, wie sich ein Huhn in einer Legebatterie fühlen muss. Nachdem ich mich eine halbe Stunde mit dem blöden Test herumgequält hatte, beschloss ich, am besten möglichst schnell von hier zu verschwinden. Also stöhnte ich ein paarmal schmerzgequält. Doch unsere Mathe-Lehrerin, Mrs Archer, warf mir nur einen ärgerlichen Blick zu.

Kurze Zeit später stieß ich einen herzzerreißenden Schrei aus und wimmerte: »Warum ist es plötzlich so dunkel hier?«

Dummerweise fingen Theo und ein paar andere Jungs an zu kichern. Das ist das Problem, wenn man ein bekannter Komiker ist – die Leute lachen über einen, auch wenn man gerade eine ausgesprochen tragische Szene spielt, so wie ich in diesem Augenblick. Aber schließlich konnte Mrs Archer mein Gejammer nicht mehr ignorieren.

»Was ist los?«, fuhr sie mich an.

Ich klimperte mit den Augendeckeln und rief: »Ich hab auf einmal ganz schreckliche Kopfschmerzen.«

»Tatsächlich?«

»Ja, leider.«

In diesem Moment fing Theo wieder an zu kichern. Und

Mrs Archer knurrte, wenn ich die Prüfung noch einmal stören würde, würde sie mich geradewegs zu Spucki schicken (bloß dass sie ihn natürlich nicht Spucki nannte).

Ich war empört über ihr ausgesprochen unfürsorgliches Verhalten. Es wäre ihr recht geschehen, wenn ich auf der Stelle tot umgefallen wäre. Dann hätte sie nämlich richtig Ärger gekriegt. Aber ich war nicht besonders scharf auf eine weitere Unterredung mit Spucki, darum stöhnte ich während der restlichen Prüfung nur noch leise vor mich hin.

Als ich aus der Aula ging, blieb ich in meiner Rolle (so wie Todd es mir beigebracht hatte) und wankte zur Tür. Doch Mrs Archer schüttelte nur den Kopf und seufzte: »Ach, Luis, merkst du denn gar nicht, dass du dir ständig selbst im Weg stehst?«

Ich hasse diese Frau! Außerdem hat sie ein richtiges Fischgesicht. Aber was soll's – sie braucht bestimmt ein paar Tage, um die Arbeiten nachzugucken. Außerdem sind Mathe-Tests von zweitrangiger Bedeutung, wenn man kurz vor seinem Durchbruch steht.

Dienstag, 23. April

Ich kann immer noch nicht glauben, was heute passiert ist. Nach einem weiteren sehr langen Schultag machte ich mich auf den Heimweg und stellte fest, dass es wie aus Kübeln goss. Plötzlich hupte mir ein Auto zu, und siehe da, es war meine gute alte Mum.

Ich vermutete, dass sie Elliot gerade zum Französischkurs gebracht hatte und dann bei meiner Schule vorbeigefahren war, damit ich auf dem Nachhauseweg nicht nass wurde. Das fand ich wirklich ausgesprochen nett von ihr. Doch als ich ins Auto stieg, merkte ich sofort, dass irgendetwas nicht stimmte. Mum fragte, wie es in der Schule gewesen sei, hörte meiner Antwort aber gar nicht richtig zu.

Kaum waren wir vom Schulparkplatz gefahren, sagte sie: »Ich hab gerade mit deiner Mathelehrerin, Mrs Archer, gesprochen.« Das war ein echter Schock. »Sie hatte mich zu einem Gespräch in die Schule gebeten«, fuhr Mum fort. »Es ging um deinen Mathe-Test.«

Ich versuchte, unbekümmert mit den Schultern zu zucken, was nicht gerade leicht ist, wenn man angeschnallt ist.

»Du hast nur ein Drittel der Aufgaben richtig.«

Mann, war ich wütend! Wie konnte Mrs Archer meinen Test einfach so schnell korrigieren? Ich wette, sie hat ihn extra vorgezogen, nur um mich zu ärgern.

»Deine Lehrerin versteht nicht, wie du so gute Noten in deinen Hausaufgaben bekommen und nun so schlecht bei dem Test abschneiden konntest«, sagte Mum. »Sie hat sich gefragt, ob dir vielleicht jemand geholfen hat.«

Ich schüttelte den Kopf.

»Sie glaubt, dass Theo die Hausaufgaben für dich gemacht hat.«

Plötzlich steckte ich ganz schön in der Klemme. Was sollte ich tun? Einen Moment lang saß ich einfach nur da und lauschte dem quietschenden Geräusch der Scheibenwischer. Dann beschloss ich, meinen Eltern all die unschönen Einzelheiten zu ersparen und einfach alles abzustreiten. Gesagt, getan. Ich spielte den total Empörten, wobei mir mal wieder half, was ich in Todds Theaterkurs gelernt hatte. Ich konzentrierte mich ganz auf die Emotion, die ich darstellen wollte.

Ich erzählte Mum auch von den schlimmen Kopfschmerzen, die ich während der Prüfung gehabt hatte. Sie vermutete, die Anspannung vor dem Test sei zu viel für mich gewesen, und als wir zu Hause ankamen, war sie schon fast so weit, sich bei mir zu entschuldigen.

Später saß ich in meinem Zimmer und zitterte vor Erleichterung. Ich hatte die Katastrophe gerade noch einmal abgewendet. Meine Eltern hatten immer noch eine gute Meinung von mir. Jetzt musste ich nur dafür sorgen, dass das bis zum Vorsprechen am nächsten Montag auch so blieb.

Doch später am Abend klingelte das Telefon. Mum redete stundenlang mit irgendjemandem. Ihre Stimme wurde immer leiser und leiser. Dad, der bei mir gerade den Hausaufgaben-Überwachungsdienst übernommen hatte, ging nach unten und kam nicht wieder zurück. Irgendetwas war da im Gange.

Dann rief Dad: »Würdest du bitte mal runterkommen, Luis?«

Er und Mum warteten im Esszimmer auf mich. Sie saßen am Tisch und ich setzte mich ihnen gegenüber.

Dad teilte mir mit, Penny habe gerade angerufen. Offensichtlich hatte das alte Fischgesicht auch ihr von dem Verdacht erzählt, Theo habe meine Mathe-Hausaufgaben gemacht. Penny und Mike hatten ihren Sohn daraufhin in die Mangel genommen – und was machte Theo, dieser Idiot? Er konnte natürlich seine blöde Klappe nicht halten und plauderte alles aus! Sogar dass ich ihm Geld gegeben hatte. Mir blieb erst mal die Spucke weg und mein Herz rutschte mir direkt in die Hose.

»Stimmt das, Luis?«, fragte Mum mit zitternder Stimme. Pennys Enthüllungen schienen auf meine Eltern ungefähr denselben Effekt zu haben wie eine Wurzelbehandlung beim Zahnarzt. Sie sahen total erschüttert aus.

Aber ich war mindestens genauso erschüttert. Ich konnte nur flüstern: »Ja, leider.«

Ich wartete darauf, dass Mum mir ordentlich den Kopf wusch, weil ich ihr im Auto lauter Mist erzählt hatte. Tat sie aber nicht. Sie teilte mir nur mit, wie enttäuscht sie von mir sei, und Dad pflichtete ihr bei. Beide sahen völlig fertig aus. Es war einfach schrecklich.

Natürlich gingen Mum und Dad nach dem ganzen Ärger nicht mehr zum Salsa-Tanzkurs. Dabei hatte die Sache so vielversprechend ausgesehen. Was für ein riesengroßer, furchtbarer Schlamassel! Bin total deprimiert. Genau der richtige Zeitpunkt für einen Witz:

Sagt die erste Kerze: »Was sollen wir heute Abend machen?«

Antwortet die zweite Kerze: »Wir könnten doch mal wieder ausgehen!«

Mittwoch, 24. April

Habe heute Morgen vor der Schule auf den Eltern-Spitzel gewartet. Sobald Theo mich sah, schüttelte er den Kopf und rief: »Es tut mir echt total leid!« Er behauptete, keine andere Wahl gehabt zu haben, weil seine Eltern ihn so in die Mangel genommen hatten. »Und ich hab schließlich noch nie ein Geheimnis vor meinen Eltern gehabt.«

»Das ist echt krank!«, schnauzte ich ihn an.

»Es fällt mir einfach nicht leicht, sie anzulügen, weil sie doch so viel für mich tun«, gestand er. »Sie haben übrigens gesagt, ich soll dir dein Geld zurückgeben … bitte, hier ist es.«

Ich nahm die zwanzig Pfund. Die andere Hälfte hatte ich auch noch nicht ausgegeben, also konnte ich meinen Eltern die kompletten vierzig Pfund zurückgeben. Und das tat ich dann heute Abend auch. Hab natürlich 'ne große Sache draus gemacht.

»Ich verdiene das Geld einfach nicht«, sagte ich und versuchte einen Blick auf meinen Heiligenschein zu erhaschen, der in diesem Moment über meinem Kopf schweben musste. Meine Eltern waren auch ziemlich beeindruckt.

Und weil die Stimmung längst nicht so eisig war, wie ich befürchtet hatte, sagte ich so locker wie möglich: »Ich hab übrigens schon mal auf dem Stadtplan nachgesehen, wo genau das Robson Theater liegt. Denn wir wollen doch am Montag nicht zu spät kommen, oder, Mum?«

Mum sah mich völlig verständnislos an. Dann sagte sie entschieden: »Es kommt überhaupt nicht infrage, dass du jetzt in der Schule fehlst.«

»Aber es ist doch nur ein einziger Tag, Mum«, versuchte ich, sie zu überreden.

»Nein, schlag dir das aus dem Kopf.«

Ich sah zu Dad hinüber, doch er war offensichtlich Mums Meinung und nickte.

»Aber dieses Vorsprechen könnte mein Durchbruch werden!«, rief ich. »Das ist meine große Chance!«

»Das Showgeschäft ist einsam und hart«, verkündete Dad, als ob er etwas davon verstehen würde. (Er hat ein paar Wochen in einer Band gespielt, und das war's auch schon!) »Bevor du irgendwo angenommen wirst, musst du locker mit ein paar Hundert Absagen rechnen.«

»Okay, wenn ich am Montag nicht weiterkomme, dann geb ich's auf«, rief ich. »Aber ihr müsst es mich wenigstens dieses eine Mal versuchen lassen. Bitte!« Meine Stimme war völlig außer Kontrolle geraten und schwankte gefährlich.

Sie zögerten ein paar Sekunden, dann sagte Mum: »Es tut mir leid, Luis, aber wir können dir einfach nicht erlauben, deine Zeit mit so etwas zu verschwenden. Vor allem jetzt nicht, wo du dich voll und ganz auf die Schule konzentrieren musst.«

Dad fügte hinzu: »Ich weiß, das sind jetzt genau die langweiligen Sprüche, die alle Erwachsenen von sich geben. Aber du wirst uns eines Tages noch dafür dankbar sein.«

»Ganz sicher nicht«, erwiderte ich.

Dann ging ich nach oben, schnappte mir mein Handy und rief auf der Stelle bei Maddy an. Sie war völlig am Boden zerstört.

»Ich kann's einfach nicht glauben«, wiederholte sie ständig. Dann fuhr sie fort: »Sie ändern ihre Meinung bestimmt noch, wenn sie sich erst wieder etwas beruhigt haben.« Aber das kann ich mir nicht vorstellen.

Das war's also. Meine große Chance, endlich berühmt zu werden, ist dahin. Jetzt werde ich in den nächsten Jahren nichts anderes tun, als mich wie ein Verrückter für irgendwelche Prüfungen abzurackern, die ich sowieso nicht bestehen werde, bloß um später irgendeinen Deppenjob zu bekommen. Danach schufte ich ein halbes Jahrhundert lang in dem Deppenjob, ruhe mich noch ein paar Jahre aus und gebe schließlich den Löffel ab. Das war's dann. Das war mein Leben.

Und wozu das alles? Keine Ahnung. Bin heute sogar zu deprimiert, um Witze zu erzählen. Tut mir leid.

Donnerstag, 25. April

Das aufregendste Ereignis des heutigen Tages bestand darin, dass ich mit meinem Zirkel zwei Löcher in mein Pult gebohrt habe. Die einzige Möglichkeit, wie ich an dieser Schule irgendwelche Spuren hinterlassen kann.

In Erdkunde schrieb ich einen Brief an Todd. Ich teilte ihm mit, wie sehr mir *Ohne mich, Jeeves* gefallen habe und dass ich ihm das Buch anbei zurückschicken würde. Außerdem erwähnte ich noch das Vorsprechen und wie meine Eltern meine Karriere zerstört hatten, bevor sie richtig angefangen hat.

Vorhin rief Maddy an, um zu fragen, wie's mir geht und ob es trotz allem bei unserer Verabredung morgen bleibt. Ich sagte, ich sei im Moment wahrscheinlich nicht so ein toller Unterhalter wie sonst. Aber sie meinte, ich solle mir keine Sorgen machen, sie würde toll genug für uns beide sein. Irgendwie freue ich mich richtig darauf, sie morgen zu sehen. Maddy fasziniert mich. Und ich kann es kaum erwarten, mal für ein paar Stunden der unerträglich guten Stimmung bei uns zu Hause zu entkommen.

00.15 Uhr

Bin wieder da, weil ich eine folgenschwere Entscheidung getroffen habe. Hier ist sie: Ich werde trotz allem zu dem Vorsprechen gehen. Habe mir die ganze Sache gerade im Bett genau überlegt. Am Montag verlasse ich wie gewöhnlich das Haus, aber anstatt zur Schule zu gehen, flitze ich zum Bahnhof (der ungefähr genauso weit weg ist wie die Lernhölle). Dann verschwinde ich schnell auf dem Bahnhofsklo, ziehe meine Schuluniform aus und meine Vorsprech-Klamotten an (die hab ich vorher ganz unten in meiner Schultasche versteckt). Ich springe in den Zug nach London, nehme dort die U-Bahn nach Covent Garden, mach das Robson Theater ausfindig und lege beim Vorsprechen einen so tollen Auftritt hin, dass die Jury-Mitglieder sich vor Lachen biegen und vor Begeisterung auf den Tischen tanzen.

Dieser Plan hat nur drei kleine Haken:

1. Ich hab kein Geld für die Fahrkarte. Momentan besitze ich genau drei Pfund und acht Pence.
Lösung: Geld von Maddy leihen.

2. In der Schule fällt es auf, wenn ich fehle.
Lösung: Eine Entschuldigung von meinen Eltern fälschen.

3. Ich hab keinen Erziehungsberechtigten, den ich zum Vorsprechen mitnehmen kann.
Lösung: Vielleicht kann ich mich mit einem Erwachsenen in der Schlange anfreunden und ihn eventuell sogar dazu bringen, mich zu adoptieren! Oder ich muss mir eine echt gute Erklärung für die Abwesenheit meiner Eltern einfallen lassen.

Nichts davon kann mich wirklich aufhalten. Ich werde auf jeden Fall zu dem Vorsprechen gehen. Das wollte ich dir, liebes Tagebuch, nur noch schnell mitteilen.

Wie man seine Eltern erzieht

Freitag, 26. April

Heute Nachmittag machte ich mich fertig, um zu Maddy zu gehen. Mum wollte mir unbedingt eine Krawatte aufschwatzen. Ich erklärte ihr, dass ich bloß zum Tee eingeladen sei – und nicht zu einem Vorstellungsgespräch.

Ich ging gerade die Auffahrt zu Maddys Haus hinauf, als sich die Tür öffnete und zwei ausgesprochen hübsche, blonde Mädchen herauskamen. Eine von ihnen rief mir zu: »Bist du Maddys geheimnisvoller Freund?«

»Vielleicht«, sagte ich und grinste.

»Sie redet nämlich ständig von dir«, fuhr das Mädchen fort.

Dann blieben die beiden direkt vor mir stehen. (Sie sahen nicht nur super aus, sie rochen auch noch gut.) Wir stellten uns einander vor. Die Mädchen waren Maddys Zwillingsschwestern Vicky und Zoe. Ich musste sie die ganze Zeit anstarren (hatte ich schon erwähnt, dass sie ausgesprochen gut aussahen?) und sagte schließlich: »Ihr kommt mir irgendwie bekannt vor.« Und das war die reine Wahrheit.

»Du versuchst doch nicht etwa, uns anzubaggern, oder, Luis?«, zog mich Zoe auf, die offensichtlich die lebhaftere und frechere der beiden war.

Ich hoffte inständig, nicht rot anzulaufen. »Nein, natürlich nicht. Ich bin mir ganz sicher, dass ich euch irgendwoher kenne.«

In diesem Moment ertönte ein lautes Räuspern vom Haus her, und erst jetzt sah ich Maddy in der Tür stehen. Ich winkte, dann wandte ich mich wieder den Zwillingen zu.

»Lass uns abhauen, wir wollen das junge Glück schließlich nicht stören«, sagte Zoe grinsend zu ihrer Schwester. Und da wusste ich plötzlich, wo ich sie schon mal gesehen hatte.

»Kaugummi!«, rief ich ihnen hinterher.

»Danke, gleichfalls!«, sagte Zoe und lachte.

»Nein, daher kenne ich euch – ihr habt in einer Fernsehwerbung für Kaugummi mitgespielt.«

Sie kicherten nur, hakten einander unter und spazierten zusammen die Straße entlang.

Doch Maddy sagte düster: »Stimmt, sie haben in einem Werbefilm mitgespielt.«

»Das ist ja der Hammer!«, rief ich. »Ich hab diese Werbung bestimmt schon tausendmal gesehen. Dann sind die beiden also Schauspielerinnen?«

»Nein, nicht wirklich«, sagte Maddy. »Sie haben bisher nur ein paarmal als Models gearbeitet und diesen einen Werbefilm gedreht. Und noch ein paar andere Kleinigkeiten gemacht.«

»Wie alt sind sie denn?«, fragte ich.

»Fünfzehn.«

»Sie sehen aber wesentlich älter aus.«

»Und haben beide schon einen Freund«, sagte Maddy.

Das war ein kleiner Seitenhieb in meine Richtung. Aber mir war sowieso klar, dass Maddys Schwestern in einer ganz anderen Liga spielten als ich. Ich ärgerte mich ein bisschen, weil Maddy so schnippisch war. Ich hätte nicht gedacht, dass sie so sein kann. Die Stimmung war ziemlich frostig, bis ich ihr von meinem Plan erzählte, heimlich zum Vorsprechen zu gehen.

»Dieser Entschluss zeugt von echter Hingabe«, sagte sie. »Allein deswegen verdienst du es schon, richtig berühmt zu werden.«

Dann redeten wir über die Probleme, die noch zu lösen waren. Kaum hatte ich meine Geldschwierigkeiten erwähnt, holte Maddy auch schon ihren Geldbeutel heraus. Ich sagte ihr, sie solle sich genau notieren, was ich ihr schulde, aber ich glaube nicht, dass sie es wirklich getan hat.

Die nächste Schwierigkeit war das Entschuldigungsschreiben für meine Schule. Maddy schlug vor, es auf ihrem Computer zu tippen. Also gingen wir nach oben und erstellten eine Liste mit möglichen Gründen für meine Abwesenheit:

1. Irgendwas mit den Zähnen (»Viel zu ungenau«, meinte Maddy.)

2. Habe ein schwaches Herz und muss deshalb ab und zu im Bett bleiben

3. Habe den Backofen angelassen und unser Haus ist abgebrannt (kleiner Scherz von mir)

4. Bekomme ein neues Gehirn transplantiert (noch ein Scherz von mir)

5. Musste mich nachts übergeben

Wir entschieden uns schließlich für Nummer fünf. Maddy meinte, mit der Entschuldigung könne man nichts falsch machen. Das ist der Brief, den wir verfasst haben:

Sehr geehrter Mr Wormold,
leider muss ich Ihnen mitteilen, dass sich mein Sohn Luis heute Nacht mehrmals übergeben hat. Darum behalten wir ihn zur weiteren Beobachtung heute zu Hause.
Herzlichen Dank im Voraus für Ihre Mühe und Ihr Verständnis.

(Der letzte Satz ist ganz allein Maddys Werk. Klasse, oder?)

Zum Schluss fabrizierte ich noch eine super Fälschung von Mums verschlungener Unterschrift, und schon konnte der Brief abgeschickt werden.

Doch da sagte Maddy: »Ist es nicht ein bisschen auffällig, wenn wir den Brief heute schon einstecken? Schließlich steht drin, dass du erst am Sonntag krank wirst.«

»Wir können ja dazuschreiben: *PS: Arbeite halbtags als Hellseherin*«, witzelte ich.

Aber Maddys Einwand war natürlich durchaus berechtigt. Sie schlug vor, den Brief am Montag selbst abzugeben. Ihre Schule ist nur ungefähr zehn Minuten zu Fuß von meiner entfernt, sie muss also bloß etwas früher losgehen. Damit war auch das letzte Problem geregelt.

Inzwischen fragst du dich vielleicht, wo Maddys Eltern die ganze Zeit steckten. Also, das war wirklich ganz und gar unglaublich. Ihre Mutter, die aussah wie eine ältere Ausgabe von Zoe und Vicky, begrüßte mich mit den Worten: »Hallo, Luis, fühl dich wie zu Hause.« *Und das war alles!*

Ich musste keine Hausführung über mich ergehen lassen und auch nicht tausend dämliche Fragen beantworten. Und als sie uns etwas zu essen brachte, lächelte sie und war nett und freundlich. Aber sie hing nicht noch Ewigkeiten im Zimmer herum wie meine Mutter. Bis auf ein einziges Mal, und da brauchte Maddy auch nur ruhig und bestimmt »Danke, Mum« zu sagen, und schon machte sie sich vom Acker.

Maddys Vater winkte mir zur Begrüßung nur kurz zu, und das war's dann. Wir haben uns noch nicht mal richtig unterhalten. Einfach toll! Irgendwie schienen Maddys Eltern genau zu wissen, dass ich nicht sie, sondern Maddy besuchen wollte.

»Ich bin echt beeindruckt von deinen Eltern«, sagte ich zu Maddy. »Sie benehmen sich tausendmal besser als meine.« Dann wollte ich wissen, was für eine Einstellung ihre Eltern denn zum Thema Hausaufgaben hätten.

»Ach, da mischen sie sich überhaupt nicht ein«, sagte Maddy. »Sie kontrollieren auch nie, ob ich meine Hausaufgaben gemacht habe oder nicht. Solange ich in der Schule halbwegs klarkomme, lassen sie mich eigentlich total in Ruhe.«

»Das klingt ja wie der Himmel auf Erden!«, rief ich. »Mensch, hast du ein Glück!«

Da sagte Maddy: »Das war aber nicht immer so. Ich musste meine Eltern erst erziehen.«

»Erziehen?« Zunächst dachte ich, ich hätte mich verhört.

Doch dann erzählte Maddy weiter: »Früher waren meine Eltern genau wie deine.«

»Was? Das glaub ich nicht!«

»Alle Eltern wachen eines Tages auf und merken, dass sie alt sind und ihre beste Zeit hinter sich haben«, fuhr Maddy fort.

»Meine Eltern haben ihre beste Zeit schon seit Ewigkeiten hinter sich«, sagte ich.

»Ja, aber das ist ihnen wahrscheinlich erst vor Kurzem aufgefallen«, erwiderte Maddy. »Und in diesem Moment werden Eltern gefährlich. Dann sagen sie sich nämlich: ›Ich bin zwar alt und schrumpelig, aber meine Kinder nicht. Darum sollen sie jetzt meine Träume verwirklichen. Sie können noch all die Dinge tun, die ich verpasst habe.‹«

»Und deine Eltern waren auch so drauf?«, fragte ich.

Jetzt klang Maddy richtig bitter. »Allerdings. Sie haben mich keine Sekunde in Ruhe gelassen.«

»Wegen der Hausaufgaben und dem ganzen Schulkram?«, fragte ich weiter.

Sie schüttelte den Kopf. »Nein, in der Schule war ich eigentlich immer ganz gut. Aber sie wollten, dass ich Gesangs- und Tanzstunden nehme und in Werbefilmen mitspiele wie meine Schwestern. Sie haben mich ständig zu irgendwelchen Vorsprechen geschleppt und mir erzählt, das wäre alles nur zu meinem Besten und ich sollte es schließlich mal zu etwas bringen.«

»Kommt mir irgendwie bekannt vor«, murmelte ich.

»Es war einfach schrecklich. Aber am schlimmsten waren ihre traurigen und enttäuschten Blicke …«

»Ich weiß genau, was du meinst«, unterbrach ich sie.

»Das ist doch einfach ungerecht, oder?«, rief Maddy entrüstet. »Sie sollen ihre Träume gefälligst selbst verwirklichen! Das ist schließlich nicht unsere Aufgabe, stimmt's?«

»Stimmt«, sagte ich überzeugt.

»Aber es gibt trotz allem noch Hoffnung. Wenn du nämlich

die richtigen Maßnahmen ergreifst, ist das nur eine vorübergehende Phase. Und sobald sie die überwunden haben, lassen sie dich komplett in Ruhe.«

»Jetzt mach's nicht so spannend«, rief ich aufgeregt. »Was sind die richtigen Maßnahmen?«

Maddy zögerte. »Eigentlich wollte ich dieses Geheimnis erst in einem Buch lüften, das ich demnächst schreiben werde, um Geld für meine Agentur zu beschaffen. Aber du bist schließlich mein Klient, darum werde ich dir die vier Grundregeln der Eltern-Erziehung verraten.«

Und das tat sie dann auch. Leider hat sie ziemlich schnell geredet und ich kann nicht besonders gut zuhören und gleichzeitig mitschreiben. Aber das Wesentliche hab ich trotzdem mitgekriegt:

Regel Nummer eins: Behandle deine Eltern wie Luft

Du darfst deine Eltern nicht einmal anschauen, außer es lässt sich wirklich nicht vermeiden. Das musst du Tag und Nacht durchhalten. Wenn einer von ihnen fragt: »Warum beachtest du mich nicht?«, bist du auf dem richtigen Weg.

Maddys Tipp:

Hierfür braucht man ein bisschen Übung. Also mach dir keine Sorgen, wenn es eine Weile dauert, bis du den Dreh raus hast.

Regel Nummer zwei: Erzähl deinen Eltern nichts

Rede so wenig wie möglich mit deinen Eltern. Wenn es nicht anders geht, halte deine Sätze kurz (höchstens drei Wörter).

Maddys Tipp:

Stell dir vor, du wärst ein Spion, und deine Eltern wären feindliche Agenten, die dich dazu bringen wollen, lebenswichtige Informationen preiszugeben. Das macht die ganze Sache leichter!

Regel Nummer drei: Lass dich niemals auf Diskussionen ein

Vergiss nie, dass Eltern gerne Diskussionen anfangen. Und du dabei immer den Kürzeren ziehen wirst. Darum lass dich auf gar keinen Fall zu irgendeiner Reaktion hinreißen. (Warnung: Sie werden garantiert versuchen, dich zu einer Reaktion zu bewegen!)

Maddys Tipp:

Wenn deine Eltern dir eine Standpauke halten, mach ein völlig ausdrucksloses Gesicht. Schau sie einfach nur starr an und blinzle ab und zu. Antworte auf keine ihrer Fragen.

Regel Nummer vier: Bring deine Eltern so oft wie möglich aus der Fassung

Die besten Möglichkeiten dafür sind:

• Ständiges Seufzen

• Regelmäßig mit den Türen knallen (natürlich immer aus Versehen!)

• Seine Eltern total mitleidig ansehen und dabei eine Augenbraue hochziehen

• Unverständliche Sachen vor sich hin murmeln

• Dinge sagen, die alle Eltern auf die Palme bringen, zum Beispiel: »Reg dich nicht auf«, »Ist mir egal« und »Wenn du meinst.«

Außerdem sollte man ab und zu einen sogenannten »Killersatz« fallen lassen. Um seine Eltern total aus der Fassung zu bringen, empfiehlt Maddy Sätze wie: »Ich hab nicht darum gebeten, in diese Familie hineingeboren zu werden« und »Ich wäre lieber in einem Kinderheim als hier bei euch.«

Und sollten dir deine Eltern jemals mit Strafe drohen, sag einfach nur traurig: »Wirklich schade, dass ihr meint, zu solchen Mitteln greifen zu müssen.« Maddy sagt, das wirkt garantiert immer.

Ich glaube, ich hab heute ein paar sehr wichtige Ratschläge bekommen. Maddy ist wirklich eine klasse Agentin. Morgen werde ich das Eltern-Erziehungsprogramm starten. Besser gesagt heute, es ist nämlich schon Viertel vor eins!

Samstag, 27. April

Habe heute den ganzen Tag heimlich an meiner Nummer für das Vorsprechen gearbeitet.

Werde mit dem Erziehungsprogramm aber ganz sicher morgen anfangen.

Sonntag, 28. April

Habe vorhin bei Maddy angerufen und ihr meine Nummer am Telefon vorgespielt. Sie hat mir geraten, einen Witz rauszuschmeißen, weil er meiner unwürdig wäre. *(Was schreit lauter als eine hungrige Katze? Zwei hungrige Katzen.)* Habe ihren Ratschlag befolgt.

Außerdem wollte sie wissen, wie es mit dem Erziehungsprogramm läuft, und war ziemlich überrascht, als sie hörte, dass ich noch gar nicht angefangen hatte.

Sie schien meine Gedanken lesen zu können und fragte: »Findest du mein Eltern-Erziehungsprogramm vielleicht ein bisschen gemein?«

»Na ja, irgendwie schon«, gab ich zu.

»Aber wir grenzen uns doch nur ab, Luis. Alle Eltern brauchen Grenzen. Glaub mir, es wird ihnen viel besser gehen, wenn sie wieder ganz in ihrer eigenen Welt leben. Außerdem haben sie dann viel mehr Zeit für sich und ihre Hobbys.«

Ich sagte, so hätte ich das noch gar nicht gesehen, und versicherte Maddy, möglichst bald mit dem Training anzufangen. Aber vorher muss ich mich meinem Schicksal stellen.

Ein schicksalhafter Tag

Montag, 29. April

5.45 Uhr, in meinem Zimmer

Wenn ein Komiker auf der Bühne steht und niemand lacht, nennt man das in der Theatersprache »beim Publikum durchfallen«. Wäre es nicht furchtbar, wenn mir genau das heute passieren würde? Dieser Gedanke geht mir einfach nicht mehr aus dem Kopf.

9.10 Uhr, auf dem Bahnhof

Bin vor ungefähr zehn Minuten hier beim Bahnhof angekommen. Habe bereits meine Schuluniform aus- und meine normalen Klamotten angezogen. Jetzt fühle ich mich wieder wie ich selbst! Habe auch schon eine Fahrkarte gekauft, und niemand wollte wissen, warum ich ganz allein nach London fahre. Das hab ich sicher meinem reifen Auftreten zu verdanken – und der Tatsache, dass die Schlange hinter mir ewig lang war.

Gerade hat Maddy angerufen. Sie war in der Lernhölle und

hat meine Entschuldigung abgegeben. Außerdem hat sie mir versichert, ich würde nachher bestimmt nicht beim Publikum durchfallen.

»Vergiss nicht, dass du bereits ein preisgekrönter Komiker bist«, sagte sie.

Das hatte ich tatsächlich vergessen und war ihr sehr dankbar für diesen Hinweis. Habe ihr versprochen, mein Bestes zu geben und sie auf jeden Fall heute Mittag um eins wieder anzurufen – wie auch immer die Sache bis dahin ausgegangen ist.

11.25 Uhr, draußen vor dem Robson Theater

Jetzt weiß ich, was ich heute Morgen vergessen habe: einen Regenschirm. Kaum war ich in Covent Garden ausgestiegen, fing es auch schon an wie aus Eimern zu schütten. Dann bin ich auch noch falsch abgebogen (trotz Maddys spitzenmäßiger Karte), war aber trotz allem immer noch eine halbe Stunde zu früh beim Robson Theater. Der Anblick, der sich mir dort bot, verschlug mir erst mal die Sprache. Ich traute meinen Augen kaum: Eine riesige Schlange aus Eltern und Kindern zog sich über mehrere Kilometer hin.

Ganz vorne stand ein Junge, der so dick eingepackt war, dass er einem Nordpol-Reisenden zum Verwechseln ähnlich sah. Sein Gesicht war zwischen all den Stoffschichten kaum zu sehen.

»Stehen all die Leute hier etwa für *Die Stars von morgen* an?«, fragte ich ihn. Er flüsterte irgendwas. »Wie bitte?«, fragte ich.

»Entschuldigung«, mischte sich seine Mutter ein, »aber Sidney sollte jetzt nicht sprechen. Er muss seine Stimme schonen.

Doch was deine Frage angeht: Ja, wir stehen alle für *Die Stars von morgen* an.«

Ich brauchte Ewigkeiten, bis ich am Ende der Schlange angekommen war. Vor mir stand ein Mädchen mit einem schwarzen Umhang, roten Hüfthosen und schwarzen, spitz zulaufenden Schuhen. Auf dem Kopf trug sie einen schwarzen Hut. Neben ihr standen zwei Erwachsene und alle drei drängten sich unter einem großen Schirm zusammen (es goss immer noch in Strömen).

Plötzlich drehte sich das Mädchen um und sah mich an. »He, du wirst ja ganz nass.«

»Sag bloß, dir entgeht aber auch gar nichts«, erwiderte ich und grinste.

Das Mädchen lächelte zurück und ließ seine perlweißen Zähne aufblitzen. Dann streckte es mir die Hand hin. »Ich bin Serena, die Hexe.«

»Luis, die Lachnummer«, stellte ich mich vor. »Freut mich, dich kennenzulernen.«

Wir gaben uns die Hand und sie sagte: »Du kannst mit unter unseren Schirm kommen, wenn du willst.«

Ich wollte. Dann machte mich Serena mit ihrer Mutter und ihrem Großvater bekannt, der ganz in Schwarz gekleidet war. Seine silbergrauen Haare hoben sich hell gegen die dunkle Kleidung ab und leuchteten wie eine Fackel. (»Er ist mein großes Vorbild«, sagte Serena.)

Serena erzählte, sie würde Zaubertricks auf Festivals vorführen, seit sie vier Jahre alt ist. »Solange ich denken kann, will ich unbedingt berühmt werden. Manchmal wird das Verlangen danach so stark, dass es fast aus mir herausplatzt.«

»Genau wie in diesem Film, *Alien*«, sagte ich.

Ihr Großvater wollte wissen, wo meine Eltern wären.

»Oh, meine Mutter ist schon unterwegs«, antwortete ich vage. Er sah aber nicht besonders überzeugt aus.

13.10 Uhr, Robson Theater (draußen)

Habe gerade bei Maddy angerufen. Sie konnte kaum glauben, dass ich immer noch draußen stehe und warte. Zum Schluss wünschte sie mir noch alles Glück der Welt.

14.00 Uhr, Robson Theater (draußen)

Kurz nachdem ich Maddy angerufen hatte, fing die Schlange endlich an, sich vorwärtszubewegen.

Serena, die Hexe, flüsterte mir zu: »Deine Mutter kommt gar nicht, oder?«

Ich beschloss, das Risiko einzugehen und ihr die Wahrheit zu erzählen: »Nein, meine Eltern wissen gar nicht, dass ich hier bin. Ich hab heute die Schule geschwänzt.«

Serena quietschte aufgeregt auf. »Hab ich's doch gewusst!«

»Ich brauche einen Erwachsenen, damit sie mich reinlassen«, erklärte ich ihr leise. »Kann ich mir vielleicht deine Mutter ausleihen?«

Serena lachte entzückt. »Mit der wirst du nicht viel Freude haben, glaub mir. Nimm lieber Großvater. Ja, das wird das Beste sein. Bring ihn dazu, dir von der Zeit zu erzählen, als er im Londoner Palladium aufgetreten ist. Er liebt es, diese Geschichte jemandem zu erzählen, der sie noch nicht kennt.«

Also ging Serena mit ihrer Mutter langsam vor, und ich blieb mit ihrem Großvater zurück, der stundenlang davon quatschte, wie er 1967 im Palladium aufgetreten war und die Leute vor Begeisterung gar nicht mehr aufhörten zu klatschen. Er schien sich an jede noch so kleine Einzelheit erinnern zu können. Fehlte nur noch, dass er anfing, von der Farbe seiner Unterhosen zu erzählen, die er an dem Abend angehabt hatte. Aber irgendwie war es auch ganz spannend.

Als wir endlich in der Eingangshalle angekommen waren, begann mein Herz wie verrückt zu klopfen. Aber Serenas Großvater und ich waren so in unsere Unterhaltung vertieft, dass es tatsächlich aussah, als würden wir zusammengehören. Den Türsteher schien das allerdings sowieso nicht besonders zu interessieren. Er zählte nur ziemlich gelangweilt die nächsten dreißig Kandidaten ab und winkte uns herein. Ich war Nummer neunundzwanzig. Ein Mädchen, das jünger aussah als Maddy, knallte mir einen Aufkleber mit der Zahl »29« auf mein klitschnass geregnetes T-Shirt.

Wir erfuhren, dass das Vorsprechen auf drei verschiedenen Bühnen stattfand. Ich war in der Gruppe, die zum Shakespeare-Raum geführt wurde. Es kam mir so vor, als würden wir ungefähr zwanzig Stockwerke nach unten latschen, bis wir endlich da waren. Aber das war mir ziemlich egal. Hauptsache, ich war dabei!

Wir mussten uns in der Reihenfolge unserer Nummern in die ersten drei Reihen setzen. Die Eltern nahmen hinter uns Platz. Auf der Bühne stand ein großer Tisch mit einer blauen Tischdecke. Hinter dem Tisch saßen zwei Männer, die einen ausgesprochen mürrischen Eindruck machten. Der eine sah total grimmig aus, wie eine Bulldogge mit Dauerwelle. Der andere hatte einen Bart und war völlig verschwitzt. Er starrte uns mit seinen kleinen, lauernden Augen düster an. Zwischen den beiden Stimmungskanonen saß eine Frau und strahlte wie ein Scheinwerfer.

Sie stellte sich als Josie vor und erklärte, die beiden Männer seien von der Fernsehgesellschaft. Sogar ihre Namen klangen deprimierend. Der mit der Dauerwelle hieß Malcolm und der mit dem Bart Derek. Josie versicherte uns, wie sehr sie sich freue, uns alle hier zu sehen. Und es tue ihr wahnsinnig leid, dass wir so lange warten mussten, aber sie hätten nie im Leben mit so einem Ansturm gerechnet.

Dann teilte sie uns mit, wir würden alle nacheinander in der Reihenfolge unserer Nummern auf die Bühne gerufen. Jeder habe fünfundvierzig Sekunden Zeit, um etwas vorzuführen – ganz egal, was. Danach würde sich die Jury beraten, um uns anschließend mitzuteilen, wer in der nächsten Runde sei.

Gleich geht's los. Melde mich später wieder.

14.50 Uhr, Robson Theater

Nummer fünfundzwanzig ist gerade auf der Bühne, jetzt ist es also fast so weit. Ich hasse diese Warterei. Macht mich total nervös.

Bis jetzt war noch kein einziger Komiker dabei. Die meisten haben gesungen. Das erste Mädchen sprang auf die Bühne, starrte uns völlig verängstigt an und ergriff augenblicklich die Flucht.

»Sie war noch nicht so weit«, erklärte ihre Mutter und schubste das Mädchen zurück auf die Bühne. Sie durfte noch mal anfangen und imitierte diesmal ziemlich naturgetreu eine Katze, der man auf den Schwanz getreten ist.

»Die kommt garantiert nicht weiter«, flüsterte mir Serena zu.

Aber viele der anderen Sänger waren richtig professionell. Es waren auch ein paar Tänzer dabei, ein Mädchen konnte sogar Stepptanz. Sie war verdammt gut, auch wenn sie mich ein bisschen an ein aufgezogenes Spielzeug erinnerte.

15.00 Uhr

Serena ist dran. Fast hätte sie ihren Auftritt verpasst. Stell dir vor, sie hat doch tatsächlich einen Anfall von Lampenfieber gekriegt.

»Mir ist total schlecht«, flüsterte sie mir zu.

Ich tätschelte ihr ein bisschen die Hand. »Ganz ruhig, Frau Oberhexe«, sagte ich. »Du gehst jetzt da rauf und machst sie fertig.«

Sie musste grinsen, und dann war sie auch schon dran. Jetzt steht sie gerade auf der Bühne und es läuft echt gut – und ich bin der Nächste.

Ich bin der Nächste!

Muss leider zugeben, dass ich irres Lampenfieber habe.

Wie nennt man es, wenn eine Glühbirne Grippe hat?

Lampenfieber!

Okay, der war nicht besonders gut, aber zu mehr bin ich gerade nicht in der Lage. Muss jetzt aufhören. Ich bin dran …

16.50 Uhr, im Zug nach Hause

Vor fast zwei Stunden kletterte ich also auf die Bühne. Meine Knie gaben fast unter mir nach und ich war ganz zitterig.

Aber dann sagte ich mir: Wenn das Publikum merkt, dass du Angst hast, bist du erledigt. Ein Komiker muss immer den

Schein wahren. Also knipste ich ein Dauergrinsen auf meinem Gesicht an und stolzierte mit federnden Schritten auf das Publikum zu. Und los ging's.

Soweit ich mich erinnern kann, hab ich den ersten Witz wieder mit australischem Akzent erzählt. Aber die anderen lachten trotzdem. Nun musste ich den Akzent natürlich beibehalten. Nach dem zweiten Witz brüllten die Leute vor Lachen und einige klatschten sogar.

Ich rief: »Nicht klatschen, dafür haben wir keine Zeit!«

Ein paar lachten sogar darüber und eine Frau klang dabei wie ein wieherndes Pferd.

Danach lief es wie geschmiert und ich platzte fast vor Energie. Ich rasselte einen Witz nach dem anderen runter und hörte noch nicht mal die Trillerpfeife, als meine Zeit um war. Sie mussten noch ein zweites Mal pfeifen, bevor ich es mitbekam.

Ich schwebte zurück zu meinem Platz und Serena flüsterte: »Du bist super angekommen!«

Aber hatte ich der Jury auch gefallen? Josies Gesichtsmuskeln hatten sich mehrmals bewegt, das hatte ich eindeutig gesehen. Derek, der Bärtige, hatte hingegen kein einziges Mal gelächelt. Doch ich war mir ziemlich sicher, Malcolm, den Dauergewellten, einmal dabei erwischt zu haben, wie er das Gesicht verzogen hatte. Vielleicht hatte er aber auch nur Verdauungsprobleme. Schwer zu sagen.

Nach mir kam noch ein Mädchen mit einer Mundharmonika, dann steckte die Jury die Köpfe zusammen.

Serena flüsterte mir zu: »Ich will das hier mehr als alles in der Welt, du nicht?« Ich grinste ihr bloß zu. Aber natürlich ging es mir genauso.

Dann stand Josie auf und schwafelte stundenlang darüber, wie gut wir uns vorbereitet hätten. Sie wolle uns allen gratulieren, aber wir dürften nicht vergessen, wie überlaufen die Unterhaltungsbranche sei, blablabla. Als ich meine Ohren gerade auf Durchzug gestellt hatte, fing sie an, ein paar Nummern aufzurufen. Die entsprechenden Kandidaten sollten auf die Bühne kommen.

Sie rief die Nummern acht, fünfzehn, achtundzwanzig (das war Serena) und neunundzwanzig auf! Kurze Zeit später standen also nur vier von uns auf der Bühne.

»Herzlichen Glückwunsch!«, sagte Josie. »Ihr seid in der nächsten Runde.«

Daraufhin sprangen wir alle ein bisschen in der Gegend herum – aber nicht besonders lange, weil unten all die enttäuschten Kinder mit ihren Eltern saßen und uns anglotzten. Sie wurden gebeten, ihre Nummern am Empfang abzugeben und so schnell wie möglich zu verschwinden.

»Ich hoffe, es hat euch Spaß gemacht«, rief Josie ihnen hinterher.

Ein Mann rief zurück: »Meine Tochter hat echtes Gold in der Kehle. Das ist doch ein abgekartetes Spiel!« Seine Tochter führte ihn schweigend hinaus.

Ich konnte immer noch nicht glauben, dass ich einer der wenigen Glücklichen sein sollte, die es geschafft hatten. Und ich wünschte mir sehr, Mum und Dad hätten in diesem Moment da sein können, um sich mit mir zu freuen. Ich hätte noch nicht mal was dagegen gehabt, wenn Mum mir einen ihrer schlabberigen Küsse gegeben hätte. Na ja, die Chance hatte sie jetzt vertan.

»Das war bloß die erste Runde«, stellte Serena fest. »Wir sollten uns also noch nicht zu sehr freuen.«

»Ach was, freu dich doch einfach mal!«, sagte ich.

Serena lachte. »Na gut, dann freu ich mich eben extra für dich.«

Josie teilte uns mit, wir würden bald per Telefon erfahren, wann das nächste Vorsprechen stattfindet. Dann haben wir ganze fünf Minuten Zeit für unseren Auftritt – ich brauche also noch jede Menge Witze. Schließlich bat sie uns noch, auf jeden Fall die Formulare auszufüllen und danach am Empfang abzugeben.

Ich schnappte mir ein Formular und suchte mir ein ruhiges Plätzchen, um es unbeobachtet ausfüllen zu können. Es waren zwei Seiten mit Fragen zu meinem Alter, meiner Größe, meinem Gewicht (da musste ich raten) und verschiedenen anderen Dingen. Außerdem wollten sie wissen, ob ich schon mal im Fernsehen aufgetreten sei (Ich schrieb: »Noch nicht!«), und schließlich sollte man noch eine Telefonnummer angeben. Ich schrieb meine Handy-Nummer hin.

Ganz unten musste ein Erziehungsberechtigter unterschreiben. Also fälschte ich noch mal Mums Unterschrift (so langsam bekomme ich richtig Übung) und gab das Formular am Empfang ab.

Dort traf ich zufällig Serena und ihre Familie wieder und sie nahmen mich netterweise mit zum Bahnhof. Ich saß vorne neben Serenas Großvater. Er zwinkerte mir zu und sagte: »Dem Verlangen, andere Menschen zu unterhalten, kann man nicht so leicht widerstehen, was?« Dann fuhr er fort: »Aber du solltest deine Eltern an den guten Neuigkeiten teilhaben lassen. Vielleicht reagieren sie ja ganz anders, als du denkst.« Da war ich mir nicht so sicher.

Sobald ich konnte, rief ich Maddy an. Einen Moment war es ganz still in der Leitung, dann keuchte sie: »Oh, Luis, ich hab den ganzen Tag gewartet und gehofft … Ich freu mich wirklich total für dich! Du weißt, was das heißt, oder? Jetzt bist du kein Amateur mehr.«

»Nicht?«

»Nein, du bist jetzt Halbprofi.«

»Klingt gut«, sagte ich.

Jetzt müsste der Zug gleich in den Bahnhof einfahren. Ich werde zu spät nach Hause kommen, und ich habe keine Ahnung, wie ich das Mum erklären soll. Aber das ist mir im Moment eigentlich ziemlich egal.

Ich kann gerade nichts anderes tun, als mit einem dicken Grinsen im Gesicht hier zu sitzen und zu denken: Ich hab's geschafft. Ich hab's geschafft. ICH HAB'S GESCHAFFT!

18.30 Uhr, in meinem Zimmer

Wollte nur kurz berichten, dass ich um fünf Minuten nach halb sechs zu Hause war, ganze zwanzig Sekunden, bevor Mum mit Elliot zurückkam. Sie waren bei einer zusätzlichen Französischstunde gewesen, die eigentlich um fünf Uhr zu Ende sein sollte. Aber dann wurden sie aufgehalten, weil Olympia plötzlich einen Wutanfall bekam. Scheinbar hat sie so was öfter. Es dauerte eine Weile, bis meine und ihre Mum sie wieder beruhigt hatten. Hätte nie gedacht, dass ich Olympia mal dankbar sein würde!

Mum fragte schließlich, wie mein Tag gewesen sei, und ich

hätte fast einen Lachanfall gekriegt. Ich glaube fast, ich bin heute wirklich noch mal davongekommen. Beim nächsten Vorsprechen wird das natürlich etwas schwieriger werden. Wenn weniger Kinder mitmachen, kann ziemlich schnell irgendwem auffallen, dass meine Eltern nicht da sind – und dann ist die Sache für mich gelaufen. Vielleicht hat Serenas Großvater recht, und ich sollte Mum und Dad wirklich an den guten Neuigkeiten teilhaben lassen. Eigentlich müssten sie doch stolz auf mich sein, oder? Vielleicht erzähle ich es ihnen morgen nach der Schule.

00.12 Uhr

Kann einfach nicht einschlafen. Bin viel zu glücklich. Das war heute ein wahnsinnig toller Tag.

Der schlimmste Tag meines Lebens

Dienstag, 30. April

Vom tollsten Tag meines Lebens zum … aber warte lieber, bis du gehört hast, was heute passiert ist. Es fing alles damit an, dass Wormold mir nach der ersten Stunde befahl, noch kurz dazubleiben. Da er das fast jeden Morgen tut, beunruhigte mich das noch nicht besonders.

»Wie ich höre, hast du gestern gefehlt«, sagte er.

»Stimmt.« Ich strich mir über den Bauch. »Hatte furchtbare Bauchschmerzen.« Ich rollte mit den Augen, um deutlich zu machen, wie furchtbar die Schmerzen gewesen waren. »Aber jetzt geht's mir schon wieder besser. Wahrscheinlich war das nur so ein Vierundzwanzig-Stunden-Virus.«

»Ich war gestern auch nicht da«, sagte er.

»Oh, dann hatten Sie vielleicht den gleichen Virus wie ich«, erwiderte ich, um der ganzen Sache einen kameradschaftlichen Anstrich zu geben.

»Ich war gestern auf einer Tagung, darum habe ich deine Entschuldigung eben erst in die Hand bekommen.« Bei diesen

Worten verschwanden seine dünnen Lippen fast. Aber er sagte nichts mehr, sondern winkte mich aus dem Klassenzimmer.

Das war zwar alles ziemlich merkwürdig, doch ich dachte nicht weiter darüber nach, bis sich später am Vormittag Spucki vor mir auf dem Flur materialisierte. Er bewegt sich immer völlig geräuschlos fort. Man sieht ihn erst, wenn er plötzlich auf einen zuschwebt wie eine Giftgas-Wolke.

»Sei um Punkt zwölf in meinem Büro«, knurrte er, bevor er wieder davonschwebte. Bei diesen Worten konnte einem wirklich angst und bange werden.

»Klingt fast so, als hätte er es auf mein junges Blut abgesehen«, sagte ich zu Theo. Dann brachen wir beide in nervöses Kichern aus.

Das Warten auf zwölf Uhr war die reinste Folter. Jetzt weiß ich, wie sich die Christen im alten Rom gefühlt haben müssen, nachdem man ihnen mitgeteilt hatte, dass sie in einer Stunde eine Verabredung mit einem hungrigen Löwen haben. In so einem Fall will man die ganze unangenehme Angelegenheit einfach nur hinter sich bringen.

Um Schlag zwölf durfte ich in Spuckis Gruselkabinett eintreten. Und es war noch jemand zu unserem netten Plauderstündchen eingeladen worden: meine Mutter. Ich sag's dir, das war ein echter Schock. Aber ich lächelte ihr trotzdem freundlich zu. Sie hingegen schauderte nur zur Begrüßung. Spucki tat, was er immer tut, wenn er mich sieht, nämlich gar nichts. Er blieb eine Ewigkeit wie erstarrt sitzen. Schließlich erwachte er aus seinem Koma und nahm einen Zettel in die Hand.

»Mr Wormold hat mir das hier zukommen lassen. Er glaubt, das sei dein Werk. Und ich bin ebenfalls dieser Meinung.«

Ich nahm den Zettel und erkannte ihn sofort. Es war meine Entschuldigung. Aber ich tat so, als würde ich ihn erst ganz genau studieren.

Schließlich musste ich zugeben: »Ja, doch, sieht ganz so aus, als hätte ich das tatsächlich geschrieben.«

Mum stöhnte leise.

Spucki schüttelte den Kopf, und seine drei Doppelkinne schwabbelten hin und her. Dann schwafelte er stundenlang darüber, dass ich nicht nur mir selbst, sondern auch meiner Familie Schande gemacht hätte, und verkündete schließlich meine Strafe. Ich werde bis Donnerstag von der Schule suspendiert. Fast hätte ich laut losgelacht. Wie kommen Lehrer bloß immer darauf, dass es eine Strafe ist, wenn man einen Tag Extra-Ferien kriegt? Das hab ich noch nie verstanden.

Aber Mum zuliebe setzte ich trotzdem ein trauriges Gesicht auf, obwohl sie eigentlich ernst genug für uns beide aussah. Auf der Heimfahrt herrschte eine ziemlich angespannte Stimmung und zu Hause tauchte dann Dad auf. Es kommt nicht oft vor, dass er richtig ausrastet, aber heute war eine dieser seltenen Gelegenheiten.

»Wegen dir und deines unmöglichen Benehmens musste ich früher aus dem Büro weg.« Sein Gesicht war knallrot vor Wut. Sogar seine Nase leuchtete so rot wie bei einem Zirkusclown. »Wir tun alles für dich, und das ist jetzt der Dank!«

Erst wollte ich meine Eltern einfach ein bisschen schimpfen lassen. Schließlich war es bestimmt nicht besonders lustig für sie, in die Schule kommen und Spucki stundenlang bei seinem Gejammer zuhören zu müssen. Aber nach einer Weile fiel mir wieder ein, dass ja meine Eltern im Unrecht waren und nicht ich. Denn wenn sie mit mir zu dem Vorsprechen gegangen wären, wäre nichts von alldem passiert und sie würden sich jetzt in meinem Erfolg sonnen. Also war die ganze Sache bloß ihre Schuld.

Dann fingen sie an, mich mit Fragen zu bombardieren: Wo war ich gestern gewesen? Hatte ich mich mit jemandem getroffen? Da rastete irgendetwas in mir ein und ich schaltete auf stur. Ich antwortete auf keine ihrer Fragen, sondern schaute nur gleichgültig durch meine Eltern hindurch.

Plötzlich wurde mir klar, was ich gerade tat. Ohne nachzudenken, hatte ich die erste Regel von Maddys Erziehungsprogramm angewandt: Behandle deine Eltern wie Luft. Und weißt du, was? Es funktionierte. Na ja, zumindest fast.

Dads Gesicht und seine Ohren wurden noch röter und er fing an zu schreien (was er sonst so gut wie nie tut). »Antworte gefälligst! Wo warst du?«

Da erinnerte ich mich an die zweite Regel von Maddys Erziehungsprogramm: Rede so wenig wie möglich mit deinen Eltern.

Also sagte ich nur: »In London.«

»Du warst den ganzen Tag in London?«, fragte Mum.

»Ja.«

»Und was hast du da gemacht?«, fragte Dad.

Ich zuckte mit den Schultern.

»Hast du dich dort mit jemandem getroffen?«, fragte Mum.

»Mit Leuten.« So langsam kam ich richtig gut in den Rhythmus dieser Ein- und Zweiwort-Antworten hinein.

Dad sah aus, als würde er gleich einen Schlaganfall bekommen. »Du hast bis auf Weiteres Hausarrest.«

»Vielen herzlichen Dank«, sagte ich.

»Geh mir aus den Augen!«, schrie Dad.

Später hörte ich, wie Mum und Dad stundenlang Kriegsrat hielten. Ihre Stimmen waren sehr leise und klangen irgendwie geschockt.

Noch später kam Mum mit einer Schale Haferschleim in mein Zimmer. Sie knallte die Schale auf meinen Schreibtisch und warf mir einen ihrer vorwurfsvollen Blicke zu. Auf der Türschwelle blieb sie kurz stehen. »Du hast uns wirklich sehr enttäuscht. Und wir haben es nicht verdient, so von dir behandelt zu werden, meinst du nicht auch?«

Ich antwortete nicht und schaute sie noch nicht mal an.

»Wir haben alles getan, um dich zu unterstützen – und als Dank tust du uns so etwas an.« Dann wurde ihre Stimme etwas sanfter. »Warum hast du das nur gemacht, Luis?«

In diesem Moment hätte ich ihr am liebsten erzählt, dass ich seit gestern Halbprofi bin. Aber weil meine Eltern sich so unvernünftig verhielten, konnte ich das Risiko einfach nicht eingehen. Ich meine, was wäre, wenn sie mir dann verbieten würden weiterzumachen?

Also zuckte ich nur mit den Schultern und seufzte schwer. Mum seufzte auch schwer. Und damit war unsere kleine Unterhaltung beendet. Den Rest des Abends kam niemand mehr in mein Zimmer, nicht einmal Elliot. Offensichtlich war ich zu Einzelhaft verurteilt worden.

Wenigstens rief mich Maddy auf dem Handy an. Ich erzählte ihr die ganze Geschichte. Sie war empört, als sie von dem Theater hörte, das meine Eltern veranstalteten. »Das ist mal wieder typisch! Eltern sehen alles immer nur aus ihrer Perspektive. Sie denken nicht mal eine Sekunde daran, was du willst.«

»Dabei geht es hier schließlich um mein Leben und nicht um ihrs«, sagte ich.

»Ganz genau!«, rief Maddy. »Deine Eltern machen gerade eine sehr selbstsüchtige Phase durch. Das muss wirklich nicht leicht für dich sein.«

»Ist es auch nicht«, stimmte ich zu.

Aber Maddy fand es gut, dass ich jetzt mit dem Erziehungsprogramm angefangen hatte. Ich wollte wissen, wie lange das Training dauern würde. Doch das konnte sie mir auch nicht so genau sagen. Aber ich schaffe es bestimmt, meine Eltern bis zum nächsten Vorsprechen perfekt zu erziehen. Das hab ich mir jedenfalls fest vorgenommen.

Das Eltern-Erziehungsprogramm

Mittwoch, 1. Mai

Heute war der erste komplette Tag des Eltern-Erziehungsprogramms. Hab mich für ein Intensivtraining entschieden, um die Sache möglichst schnell hinter mich zu bringen.

Meine Eltern wollten mir heute eine Standpauke halten. Aber ich habe eine sehr wirksame Methode entwickelt, wie man jedes Gespräch im Keim ersticken kann. Erst murmele ich etwas vor mich hin, was meine Eltern nicht richtig verstehen können (aber trotzdem für einen unverschämten Kommentar halten).

Wenn sie dann wissen wollen, was ich gerade gesagt habe, zucke ich nur heftig mit den Schultern und lasse gleichzeitig meinen Mund offen stehen. Man sieht dann zwar aus wie ein kompletter Idiot, aber dieser Anblick verschlägt garantiert allen Eltern sofort die Sprache. Sie können einen nur noch völlig entsetzt und verwirrt anstarren und die stundenlange Standpauke ist augenblicklich vergessen.

Für den Erfolg dieser Methode garantiere ich höchstpersönlich.

Donnerstag, 2. Mai

Ich hatte nicht erwartet, dass meine Lehrer mir einen besonders warmherzigen Empfang bereiten würden, und das taten sie auch nicht. Zuerst forderte mich Wormold auf, mit dem dämlichen Grinsen aufzuhören. Ich erklärte ihm, das sei leider unmöglich, weil das mein normaler Gesichtsausdruck sei. Dann hatten wir Mathe bei Mrs Archer, die so tat, als hätte ich mir gerade in die Hosen gepinkelt.

»Oh, Luis, Luis, was sollen wir nur mit dir machen?«

»Suspendieren Sie mich doch einfach noch einen Tag«, schlug ich hoffnungsvoll vor.

In Englisch gab es eine echte Tragödie. Theo bekam eine Zwei. Er starrte voller Entsetzen auf diese beleidigende Note.

»Ich versteh das nicht«, flüsterte er. »Ich hab in meinem ganzen Leben noch nie eine Zwei bekommen.«

»Ich auch nicht«, sagte ich.

»Na ja, aber du bist auch …«, er lächelte peinlich berührt. »… anders.«

Später zermarterte er sich den Kopf darüber, wie er die Sache seinen Eltern beibringen sollte.

»Sie ziehen vermutlich schwarze Klamotten an und spielen ein paar Stunden lang Trauermusik, aber ansonsten werden sie es schon irgendwie überleben«, sagte ich.

Theo schüttelte zweifelnd den Kopf. »Ich kann es ihnen noch nicht mal verheimlichen, weil sie jeden Abend meine Hefte durchsehen.«

Vorhin machte Dad einen Kontrollgang durch mein Zimmer. Ich redete nicht mit ihm und er nicht mit mir. Er starrte nur mit müdem Blick ins Leere.

Freitag, 3. Mai

Heute kam ein Päckchen für mich. Es war von Todd, der mir noch ein Buch von P. G. Wodehouse schickte: *Weiter so, Jeeves.* Er hatte auch einen kurzen Brief beigelegt, in dem stand, es tue ihm leid, dass ich das Vorsprechen verpasst hätte, aber ich sollte den Kopf nicht hängen lassen, weil ich seiner Meinung nach bestimmt eines Tages den Durchbruch schaffen würde.

Ich hätte ihm am liebsten erzählt, dass ich schon einen kleinen Durchbruch geschafft hatte, fand das dann aber doch zu riskant. Nachher fühlte er sich noch irgendwie dazu verpflichtet, meine Eltern zu informieren. Todd schrieb außerdem, er würde in den Sommerferien wieder einen Theaterkurs geben und sich sehr freuen, mich dort zu sehen. Er wollte wissen, ob ich Interesse hätte.

Nun ja, ich bin zwar gerade dabei, ein Fernsehstar zu werden, aber ich hab trotzdem großes Interesse. Schließlich will ich nicht nur so eine Fünf-Minuten-Berühmtheit werden, an die sich nach ein paar Tagen kein Mensch mehr erinnert. Nein, ich will mich langfristig etablieren. Und um das zu schaffen, muss ich so viel wie möglich lernen.

Kaum hatte ich den Brief einen Moment aus der Hand gelegt, war Mum auch schon dabei, ihn zu lesen. Ich war entsetzt über diesen offenkundigen Eingriff in meine Privatsphäre. Gelten für mich jetzt etwa nicht mal mehr die elementarsten Menschenrechte?

Maddy und ich telefonieren inzwischen jeden Abend miteinander. Wir wechseln uns mit dem Anrufen ab. Aber keine Angst, wir veranstalten keine Schweinereien. Wir reden nur über wirklich wichtige Dinge wie Elternerziehung und Witze.

Samstag, 4. Mai

Heute gab es einen leichten Rückschlag in Sachen Elternerziehung. Meine Eltern wollten mit mir über mein Verhalten sprechen, das sich ihrer Meinung nach in den letzten Tagen sehr negativ entwickelt hat.

»Du bist einfach nicht mehr du selbst«, meinte Mum. (Das sagt ausgerechnet sie!) »Du bist aufmüpfig und ziehst dich total zurück. Aber ich glaube, wir wissen jetzt, warum du das tust.«

Einen schrecklichen Moment lang dachte ich, sie hätten irgendwie herausbekommen, dass das Ganze eine Erziehungsmaßnahme ist. Aber dann begann Mum von der Schule zu faseln, die mich offensichtlich überfordern würde. Und schließlich fragte sie: »Würdest du gerne Nachhilfe bekommen?«

»Klar, ungefähr genauso gerne wie Lepra«, platzte ich heraus. Vor lauter Schreck hatte ich ganz vergessen, dass ich ja immer nur mit Zwei- oder Dreiwort-Sätzen antworten darf. Aber ich hatte mich schnell wieder im Griff und sagte höhnisch: »Nachhilfe, pah!« Dann schaute ich direkt durch meine Eltern hindurch.

»Aber du machst dir doch Sorgen wegen deiner schulischen Leistungen, oder?«, beharrte Mum.

Ich zog beide Augenbrauen hoch und antwortete spöttisch: »Wenn du meinst.«

Dad kam zu mir rüber und legte mir eine Hand auf die Schulter. »Das klingt gar nicht nach dir, Luis. Willst du uns nicht endlich sagen, was mit dir los ist? Wir wollen dir doch nur helfen.«

Ich merkte, wie ich langsam schwach wurde. Aber ich wusste, ich durfte jetzt mitten im Erziehungsprogramm auf keinen Fall nachgeben. Darum beschloss ich, einen von Maddys Killersätzen loszulassen. Also rief ich so laut ich konnte: »Ich hab nicht darum gebeten, in diese Familie hineingeboren zu werden.« Und fügte hinzu: »Ich wünschte, ich wäre in einem Waisenhaus aufgewachsen.«

Maddy hatte wirklich nicht übertrieben, was die Wirkung dieser Sätze anging. Dad machte einen Schritt nach hinten und Mum sah total geschockt aus. Ich musste noch nicht mal etwas Unverständliches vor mich hin murmeln, um das Gespräch zu beenden. Es war nämlich genau in diesem Moment vorbei.

Dad sagte nur: »Ich finde es sehr schade, dass du so denkst, Luis.« Dann ging er aus dem Zimmer.

Mum presste die Lippen zusammen und sagte spitz: »In den letzten Tagen haben wir eine völlig neue Seite an dir kennengelernt. Ich weiß wirklich nicht, was in dich gefahren ist.« Danach verließ sie ebenfalls den Raum.

Später überlegte ich, ob ich vielleicht etwas zu hart gewesen war. Aber dann fiel mir ein, dass das Erziehungsprogramm ja nur zum Besten meiner Eltern ist. Bald werden sie jeden Abend ihres restlichen Lebens massenweise freie Zeit haben.

Sonntag, 5. Mai

Liebes Tagebuch, wünschst du dir auch manchmal, die Zukunft wäre schon vorbei? Nicht die ganze Zukunft natürlich, sondern nur ein kleiner Teil. Wie zum Beispiel all diese sinnlosen, toten Tage zwischen jetzt und dem nächsten Vorsprechen.

Ich kann's kaum erwarten, endlich wieder auf der Bühne zu stehen. Und danach werde ich jede Menge zu tun haben mit all meinen Fernsehauftritten, meiner landesweiten Tournee – und natürlich damit, ständig über Fotografen zu stolpern.

Selbstverständlich muss ich manchmal zwischen zwei Auftritten in meinem Wohnwagen mein vieles Geld zählen. Aber für mehr Mathe wird meine Zeit einfach nicht reichen. Ich hoffe wirklich, die Fernsehleute rufen mich bald an. Ungefähr alle fünf Minuten hole ich mein Handy raus, um nachzusehen, ob es noch funktioniert.

Montag, 6. Mai

Die Stimmung bei uns zu Hause lässt sich momentan mit drei Wörtern zusammenfassen: unter aller Sau.

Meine Eltern sehen total fertig aus, sind gereizt und starren mich immer so merkwürdig an – wie einen Fremden, den sie zufällig irgendwo aufgegabelt haben. Mum fängt oft an, etwas zu mir zu sagen, und hört dann plötzlich mitten im Satz auf. Ich hab mitbekommen, wie sie neulich am Telefon zu Oma sagte: »Du würdest Luis nicht wiedererkennen. Er benimmt sich in letzter Zeit einfach unmöglich.«

Das war eindeutig der schrecklichste Maifeiertag aller Zeiten.

Dienstag, 7. Mai

Heute hat Theo in Geschichte noch eine Zwei bekommen.

»Ein Glück, dass ich nicht mehr von dir abschreibe«, witzelte ich.

»Was ist bloß los mit mir?«, rief er.

»Bei jedem Menschen ist die Zeit irgendwann reif für ein paar Zweien«, bemerkte ich.

»Nicht bei mir«, sagte er. »Meine Eltern waren wegen der letzten Zwei schon so enttäuscht …« Er kaute ängstlich auf seiner Unterlippe herum. »Sie opfern sich für mich auf und ich danke es ihnen so! Luis, wie soll ich ihnen das bloß beibringen? Du musst mir helfen!«

Ich hab's echt versucht. Aber mir ist absolut nichts Hilfreiches eingefallen.

Mittwoch, 8. Mai

Heute Nachmittag bin ich zu Maddys Schule gegangen. Sie wartete vor dem Schultor auf mich. Ich freute mich so, sie zu sehen, dass ich im ersten Moment total schüchtern war. Aber bald quatschten wir wieder normal miteinander. Ich hab ihr meine neue Nummer vorgespielt und sie fand sie richtig gut.

Sie meinte außerdem, ich sollte mir keine Sorgen machen, weil ich noch keinen Termin für das nächste Vorsprechen hätte, die Fernsehleute würden bestimmt bald anrufen. Sie riet mir nur, mein Handy immer schön aufzuladen.

»Ich hab überhaupt keine Lust, nach Hause zu gehen«, sagte ich.

»Ich auch nicht«, antwortete sie.

»Aber deine Eltern haben das Erziehungsprogramm doch schon hinter sich.«

»Ja, aber ich hätte trotzdem lieber eine eigene Wohnung«, sagte sie.

Kaum war ich zu Hause, verkündete Elliot mit einem breiten Grinsen im Gesicht: »Jetzt bekommst du richtig Ärger.«

»Na, das ist ja nichts Neues«, murmelte ich.

Ich dachte, ich würde Ärger bekommen, weil ich zu spät war. Aber nein, inzwischen war schon wieder ein neues Verbrechen zu meinem Strafregister hinzugekommen. Mum teilte mir mit, Penny sei gerade da gewesen. Sie hatte schon von Theos Zwei gewusst und auch, wie es dazu hatte kommen können. Besser gesagt, sie glaubte es zu wissen. Theo hatte ihr nämlich erzählt, es wäre alles meine Schuld, weil ich ihn im Unterricht ständig ablenken würde!

Also, das hat mich echt umgehauen. Warum zum Teufel erzählt Theo so einen Mist? Ich vergaß sogar für einen Moment das Eltern-Erziehungsprogramm und platzte heraus: »Das stimmt nicht, Mum, ehrlich nicht.«

»Ach nein?«, fragte sie matt. Dann sagte sie, Penny habe schon bei der Schule angerufen, um zu verlangen, dass Theo und ich ab morgen auseinandergesetzt werden. Und zwar in allen Fächern.

Donnerstag, 9. Mai

Hab heute Morgen vor dem Schultor auf Theo gewartet, aber er raste nur an mir vorbei wie ein voll besetzter Bus an der Haltestelle.

Im Unterricht wurde ich auf den Platz gesetzt, der am weitesten von Theo entfernt ist. Er hat mich nicht einmal angeschaut. Aber dann, vor der Sportstunde in der Umkleidekabine, zischte mir plötzlich eine Stimme von hinten zu: »Nicht umdrehen! Ich wollte dir nur sagen, dass es mir total leidtut, was ich meinen Eltern alles über dich erzählt habe. Aber es war die einzige Möglichkeit, sie mir vom Hals zu halten. Ich musste ihnen versprechen, heute kein einziges Wort mit dir zu reden. Aber wir sind doch trotzdem noch Freunde, oder?«

»Na ja, von mir kriegst du auf jeden Fall eine Eins in dreistem Lügen«, sagte ich.

»Wahrscheinlich die einzige, die ich heute bekommen werde«, erwiderte er düster.

Zu Hause war Elliot kaum von der Kunsterziehung zurück, als Mum auch schon Hausaufgaben mit ihm machen wollte.

»Mum«, sagte er plötzlich, »wann hab ich eigentlich mal wieder Zeit zum Spielen?«

Diese Frage brachte meine Mutter eindeutig aus dem Gleichgewicht und sie blieb Elliot die Antwort schuldig.

Freitag, 10. Mai

Die Fernsehgesellschaft hat vorhin angerufen! Ich war gerade nach oben gegangen, um Hausaufgaben zu machen, als mein Handy klingelte. Es war Josie, die Frau vom Vorsprechen. Wir quatschten stundenlang miteinander. Sie fragte nach meinen Hobbys und meiner Schule und ich lästerte ordentlich über all meine verrückten Lehrer ab.

Dann unterhielten wir uns über meine Eltern und darüber, wie sie sich in letzter Zeit verändert hatten. Zwischendurch prustete Josie ein paarmal los. Sie war einfach unglaublich nett. Fehlte nur noch, dass sie mich gefragt hätte, ob wir nicht zusammen in Urlaub fahren wollen.

Danach redeten wir über das nächste Vorsprechen. Sie fand, ich sollte den australischen Akzent lieber weglassen. Ich erklärte ihr, das würde ich schon seit einiger Zeit versuchen, aber es wäre irgendwie zu einer Art Sucht geworden. Darüber musste sie lachen. Dann sagte sie, ich solle jetzt keinen Schreck bekommen, aber sie hätte einen Vorschlag: Warum ich bei meiner Nummer nicht die Witze weglassen und den Leuten einfach ein paar Geschichten über meine Familie und die Schule erzählen würde – so wie ihr gerade eben. Das würde bestimmt viel natürlicher rüberkommen und wäre außerdem witziger. Und ob ich nicht ein paar Auszüge aus meiner Wormold- und Spucki-Imitation einbauen und auch meine Eltern ein bisschen nachmachen wolle. Ich war ziemlich überrumpelt, versprach ihr aber, es mal auszuprobieren.

Dann nannte Josie mir den Termin für das Vorsprechen. Es findet nächste Woche am 16. Mai statt. Die erste Runde fängt vormittags um elf an, und wenn ich weiterkomme, werden nachmittags Probeaufnahmen von mir gemacht. Laufen die auch gut, wird meine Nummer gleich am nächsten Tag aufgezeichnet. Wahnsinn! Sogar der totale Wahnsinn!

Sie erklärte mir, es habe eine Lücke im Zeitplan gegeben und darum würde jetzt alles so schnell gehen. Wenn ich am Donnerstag bei beiden Runden weiterkomme, bringen sie mich in einem Hotel unter, damit ich frisch und ausgeruht für meine ersten Fernsehaufnahmen am Freitag bin.

Es war alles irre aufregend. Und es lief einfach super – bis Josie meine Mutter sprechen wollte, um noch ein paar Einzelheiten mit ihr zu klären, zum Beispiel, ob ich in der Schule freibekommen würde und so weiter.

»Meinst du denn, ich könnte sie jetzt mal kurz sprechen?«, fragte Josie.

»Klar«, sagte ich. »Ich hol sie schnell.«

Ich drehte ein paar Runden in meinem Zimmer und dachte angestrengt nach. Dann fiel mir etwas ein, was gestern einem Jungen aus meiner Klasse passiert war.

Ich nahm den Hörer wieder auf. »Hallo, ich bin's noch mal. Tut mir leid, aber Mum hat gerade schreckliches Nasenbluten gekriegt.«

»Du meine Güte!« Josie klang richtig betroffen.

»Keine Sorge, das bekommt sie manchmal. Aber ich hab sie trotzdem gefragt, ob ich zum Vorsprechen gehen darf, und sie hat eindeutig mit dem Kopf genickt.«

Aber das reichte Josie nicht. Sie bestand darauf, persönlich mit meiner Mutter zu sprechen. »Ich bin noch bis halb sieben im Büro«, sagte sie. »Könnte deine Mutter mich bis dahin zurückrufen?«

»Na ja, sie ist gerade ziemlich damit beschäftigt, das ganze Blut aufzuwischen …«, fing ich an.

»Ich brauche ihre Bestätigung, vorher kann ich nichts weiter unternehmen«, sagte Josie und ihre Stimme klang plötzlich richtig geschäftsmäßig. Sie gab mir ihre Nummer und legte auf.

Mir fiel nur eine Lösung ein: Ich musste Mum alles erzählen. Die ganze Sache war so ein Wahnsinn, dass sie sich einfach für mich freuen musste. Ich rannte nach unten. Mum saß am Küchentisch und machte mit Elliot Hausaufgaben. Er gähnte. Ich stand eine Weile unschlüssig in der Tür herum. Ich muss inzwischen nicht mehr befürchten, dass Mum mich mit lauter

Fragen nervt, sobald ich auftauche. In diesem Punkt hat das Training schon Erfolg gezeigt. Sie beachtete mich gar nicht. Auch das hatte ich so gewollt. Bloß in diesem Moment gerade nicht.

Nur um irgendetwas zu tun, ging ich zum Kühlschrank und öffnete ihn. »In einer halben Stunde gibt's Tee«, sagte Mum, ohne mich anzusehen. Dann erklärte sie Elliot weiter seine Minus-Aufgaben.

Ich schleppte mich wieder nach oben. Es ist momentan einfach unmöglich, mit Mum zu reden – besonders über etwas so Wichtiges wie das Vorsprechen.

Erst wollte ich mich am Telefon selbst als meine Mutter ausgeben. Ich würde flüstern und behaupten, durch das Nasenbluten vorübergehend meine Stimme verloren zu haben. Aber dann ließ ich das doch bleiben, weil ich eine noch bessere Idee hatte.

Ich rief Maddy an und fragte sie, ob sie meine Mutter sein wolle. Sie schaffte es irgendwie, gleichzeitig zu keuchen und zu lachen. »Wovon redest du, Luis?«

Ich erklärte ihr schnell meinen Plan und sagte zum Schluss: »Du warst einfach super als Mrs Kay in *Der Ausflug*. Ganz ehrlich!«

»Aber da mussten wir auch nur laut vorlesen«, rief sie. »Das hier wäre fast dasselbe, wie vor Publikum zu spielen …« Sie senkte die Stimme. »Und du weißt doch, dass ich das nicht kann.«

»Okay, kein Problem«, sagte ich und versuchte, nicht allzu enttäuscht zu klingen.

»Und was wirst du jetzt tun?«, flüsterte sie.

»Mach dir keine Sorgen, meine Gehirnzellen laufen schon auf Hochtouren. Es ist nur eine Frage der Zeit, bis sie die passende Lösung ausspucken.«

Maddy legte auf. Drei Sekunden später klingelte mein Handy. Ich hörte jemanden sehr schnell atmen. »Gib mir die Telefonnummer«, sagte Maddy mit einer merkwürdig angespannten Stimme.

»He, willst du etwa …?«

»Sag kein Wort«, unterbrach sie mich. »Sonst schaff ich es nicht. Gib mir einfach nur die Nummer.«

Das tat ich und sie legte sofort wieder auf. Das Warten war die reine Hölle. Dann klingelte mein Handy und ich hörte wieder heftiges Keuchen. »Ich hab's getan, Luis!«, rief Maddy. »Ich hab sie angerufen!«

»Und hat sie …?«

»Ja, sie hat es mir tatsächlich abgekauft! Und nach einer Weile war ich auch überhaupt nicht mehr nervös. Ich kann's immer noch nicht glauben, dass ich das wirklich getan habe.«

»Du hast mir soeben das Leben gerettet«, sagte ich.

»Als mir wieder eingefallen ist, dass ich deine Agentin bin, hab ich sie sogar nach der Bezahlung gefragt. Du bekommst ein Honorar für die Aufnahmen am Freitag, und jedes Mal, wenn deine Nummer im Fernsehen gezeigt wird, kassierst du eine Extra-Vergütung.«

»Dann verdiene ich also Geld wie Heu, wenn sie mich nehmen. Aber mach dir keine Sorgen, ich werde meine Agentin schon nicht vergessen.«

Wir quatschten noch stundenlang weiter, und als Maddy schließlich auflegen wollte, sagte ich: »Bis bald, Mummy.«

»Und iss immer schön dein Gemüse, mein Sohn«, antwortete sie kichernd.

Erst später fiel mir ein, dass es noch ein kleines Problem gibt. Mir fehlt trotz allem noch ein Erziehungsberechtigter für Donnerstag. Die Eltern müssen dabei sein, um irgendwelche Formulare zu unterschreiben und so ein Zeug. Wie soll ich das bloß hinkriegen?

Sonntag, 12. Mai

Erst die gute Nachricht: Meine Eltern reden immer weniger mit mir. Und noch eine gute Nachricht: Sie haben fast völlig damit aufgehört, in meinem Zimmer Wache zu schieben, während ich Hausaufgaben mache. Am Freitagabend stand Dad nur ungefähr zwei Minuten gähnend in meinem Zimmer herum und verschwand dann wieder.

Das ist eindeutig ein Erfolg. Und jetzt die schlechte Nachricht: Es ist viel zu ruhig bei uns. Man kann die Stille förmlich hören. Sie begleitet einen in jedes Zimmer. Ich wollte meine Eltern eigentlich nur ein bisschen leiser stellen und sie nicht ganz abschalten.

Wenn sie mich sehen, sagen sie kaum noch ein Wort. Dafür wandern ihre Mundwinkel nach unten und sie sehen gestresst und verwirrt aus. Das gefällt mir gar nicht. Wann geht es endlich wieder aufwärts? Maddys Aussagen diesbezüglich sind mehr als vage.

Bei der augenblicklichen Stimmung besteht jedenfalls nicht die geringste Chance, dass mich meine Eltern zum Vorsprechen am Donnerstag begleiten. Maddy schlug vor, jemanden zu engagieren, der einen Tag lang meine Mutter spielt. Zum Beispiel eine arbeitslose Schauspielerin. Besser gesagt, eine Schauspielerin ohne Engagement, wie man im Showgeschäft sagt. Maddy will in *Theater heute* nachsehen, ob sie dort den Namen einer Schauspielerin ohne Engagement findet.

Aber so langsam läuft uns die Zeit davon.

Montag, 13. Mai

Heute hat uns Mrs Archer in Mathe die letzten Hausaufgaben zurückgegeben. Sie ging zu Theo hinüber und zischte: »Deine Leistung hat mich sehr enttäuscht. Komm nach der Stunde bitte zu mir.«

Natürlich wollten alle unbedingt wissen, welche Note Theo hat. Aber er legte die Hand über sein Heft, sodass niemand was sehen konnte. Aber irgendwann hat es doch jemand herausbekommen und die Neuigkeit machte sofort die Runde im Klassenzimmer: »Theo hat eine Drei minus.«

Seine Schultern bebten, und ich wusste, dass er mühsam versuchte, nicht zu weinen. Theo und eine Drei minus. Ich hätte nie gedacht, dass ich das mal in einem Atemzug sagen würde. Selbst ich hab heute eine Drei bekommen.

Nach der Stunde blieb Theo einfach auf seinem Platz sitzen und sah völlig fertig aus. Niemand redete auch nur ein Wort mit ihm (obwohl natürlich alle im Flüsterton *über* ihn redeten). Also ging ich zu ihm rüber, um ihn ein bisschen aufzumuntern. Doch dazu bekam ich keine Gelegenheit mehr. Mrs Archer benahm sich nämlich plötzlich so, als hätte ihr jemand einen Feuerwerkskörper in den Hintern gesteckt. Sie schoss auf mich zu und kreischte in den höchsten Tönen: »Nein, Luis!«

»Ich wollte nur …«

»Raus mit dir!« Sie schrie mich richtig an.

»Aber kann ich nicht eben kurz …«

»Nein, kannst du nicht. Du verschwindest jetzt besser und lernst für die Mathearbeit am Donnerstag.«

Bei der Erwähnung der Mathearbeit zog Theo eine Grimasse und senkte den Kopf bis zur Tischplatte. Mrs Archer scheuchte mich hinaus, als wäre ich ein angriffslustiger Wespenschwarm.

Ich war stinksauer. Wie konnte sie mich nur so behandeln? Ich durfte also noch nicht mal einem guten Freund in der Stunde seiner Not ein paar tröstende Worte sagen. Bestimmt darf bald niemand mehr mit mir reden, damit ich meine Mitschüler nicht mit meinem schlechten Benehmen anstecke.

Wahrscheinlich muss ich dann immer rund um die Schule laufen, mit einer Glocke läuten und »unrein, unrein« rufen, sobald sich mir jemand nähert.

Diese Schule ist wirklich nichts als ein Haufen Schweinemist. Aber um der ganzen Sache auch etwas Positives abzugewinnen: Ich werde die Mathearbeit am Donnerstag verpassen. Natürlich muss ich sie nachschreiben, sobald ich wieder zurück bin. Wenn ich überhaupt wieder zurückkomme. Vielleicht sollte ich stattdessen lieber abhauen.

Der letzte Satz, liebes Tagebuch, ist mir einfach so rausgerutscht. Aber ich glaube, ich hab gerade eine sensationelle Idee gehabt. Muss aber erst noch ein bisschen darüber nachdenken.

18.45 Uhr

Bin fertig mit Nachdenken. Und hab jetzt die Lösung für all meine Probleme: Ich werde von zu Hause abhauen.

Das letzte Mal hab ich mich vor sechs Jahren auf den Weg in die große Freiheit gemacht. Damals war ich total genervt von Elliot und dem Riesentheater, das alle um ihn machten. Also holte ich eine große Tasche, packte alle meine Lieblings-Dinosaurier hinein und lief bis zum Ende der Straße. Da fing es an zu regnen und ich stellte mich in einer Telefonzelle unter. Es verging eine Ewigkeit, bis ich schließlich wieder nach Hause trottete – zumindest kam es mir so vor. (In Wirklichkeit waren es wahrscheinlich nur ungefähr zehn Minuten.) Mum hatte nicht einmal gemerkt, dass ich weg gewesen war.

Aber diesmal läuft die Sache natürlich ganz anders. Ich hab mir alles genau überlegt. Das ist der Plan: Wenn ich am Freitag mit meinen Fernsehaufnahmen fertig bin, fahre ich dahin, wo wir früher gewohnt haben, und übernachte bei einem Freund, wahrscheinlich bei Harry (er hat einen Schuppen im Garten, in dem ich mich vielleicht ein paar Tage verstecken kann). Er bringt mir bestimmt ab und zu ein paar Essensreste vorbei. Und wenn ich dann erst mal im Fernsehen gewesen bin, bekomme ich jede Menge Angebote und mache eine Tournee kreuz und quer durch das ganze Land.

Werde jetzt bei Maddy anrufen und ihr meine Entscheidung mitteilen.

19.00 Uhr

Noch eine erstaunliche Neuigkeit. Hab Maddy von meinem Plan erzählt. »Jetzt brauch ich nur noch einen Erwachsenen für Donnerstag«, sagte ich schließlich. »Hast du irgendeine Schauspielerin aufgetan?«

»Nein«, sagte sie ruhig. »Nun gibt es nur noch eine Lösung. Ich muss noch mal deine Mutter spielen.«

Ich war total baff. »Aber, Maddy, du hasst es doch, vor Publikum aufzutreten!«

»Ich weiß. Aber ich hab ja nicht besonders viel Text, oder?«

»Fast gar keinen.«

»Und es ist nur eine Nebenrolle, stimmt's?«

»Stimmt. Eigentlich musst du hauptsächlich irgendwelche Formulare unterschreiben.«

»Ich denke, das kann ich schaffen«, sagte sie feierlich. »Aber ich brauche noch ein paar Klamotten zum Verkleiden. Darum geh ich morgen zum Secondhand-Laden.« Dann fügte sie noch hinzu: »Keine Angst, Luis, ich lass dich nicht im Stich.«

Dienstag, 14. Mai

Was man alles zum Weglaufen braucht:

1. Zahnbürste
2. Jeans und Pullover
3. Sieben Unterhosen
4. Dads stinkendes Rasierwasser
5. Messer, Gabel, Becher und Teller
6. Eine Dose Ravioli
7. Schokolade

8. Was zu lesen: *Weiter so, Jeeves*
9. Haargel
10. Einen Dinosaurier (in Erinnerung an die alten Zeiten)
11. Und wenn noch Platz ist: Socken. Aber die sind nicht wirklich zwingend notwendig, wenn du mich fragst.

Ich hab den ganzen Kram nach oben in mein Zimmer geschmuggelt und ganz hinten in meinem Kleiderschrank versteckt. Mir ist klar geworden, dass Weglaufen eine ziemlich drastische Maßnahme ist. Darum überlege ich, ob ich meinen Eltern noch eine letzte Chance geben soll. Bin mir diesbezüglich aber noch nicht ganz sicher.

21.00 Uhr

Wurde gerade nach unten gerufen. Dad sagte, er wisse, dass mich irgendetwas sehr bedrücken würde, und er und Mum wollten mir helfen. Das klang schon ganz vielversprechend, aber dann fing er doch tatsächlich wieder an, von meinen Noten zu schwafeln. Warum muss sich mein ganzes Leben eigentlich immer nur um die blöde Schule drehen? In letzter Zeit reden wir über nichts anderes mehr.

Dann verkündete er, sie hätten einen Nachhilfelehrer engagiert, der am Freitag zu uns kommt. Er heißt Mr Walross. (Das hab ich zumindest verstanden, doch da muss ich mich wohl verhört haben. Ist aber auch egal, weil ich ja sowieso nicht da sein werde.) Mr Walross soll mir Nachhilfe in Englisch und Mathe geben. Dad grinste albern, so als hätte er gerade verkündet, ich würde einen kleinen, süßen Hund bekommen.

»Und, was sagst du dazu?«, fragte Mum erwartungsvoll. Und

ob du's glaubst oder nicht, sie lächelte mir ebenfalls zu. Meine Eltern dachten offensichtlich, ich würde vor Freude an die Decke springen, wenn ich einen Nachhilfelehrer bekomme. Ich sag's dir, sie sind offensichtlich ganz kurz davor, endgültig den Verstand zu verlieren. Ich zuckte jedenfalls nur mit den Schultern, machte ein trauriges Gesicht und ließ einen von Maddys Killersätzen los: »Wirklich schade, dass ihr meint, zu solchen Mitteln greifen zu müssen.«

Der Satz schlug ein wie eine Bombe. Das kranke Lächeln verschwand augenblicklich von den Gesichtern meiner Eltern, und Dad sagte, ohne mich anzusehen: »Okay, das war's dann, geh in dein Zimmer.« Als ich nach oben ging, hörte ich Mum murmeln: »In letzter Zeit kann man ihm einfach nichts recht machen.« Die Kommunikation zwischen mir und meinen Eltern ist jetzt offensichtlich endgültig gestört.

Ich las ein paar Witze, um mich etwas aufzumuntern, aber nicht einmal das half. Darum rief ich lieber bei Maddy an. Sie war beim Secondhand-Laden gewesen und hatte sich für Donnerstag eingekleidet. (Sie wollte mir aber nicht sagen, was sie gekauft hatte. Das soll eine Überraschung werden.) Außerdem hat sie ihr Sparkonto geplündert und fünfundsiebzig Pfund abgehoben. Das Geld ist für die Zugfahrkarte zu meinem alten Zuhause und für alle weiteren Kosten meiner Flucht.

Ich wollte sie überreden, mir einen Schuldschein zu schreiben. Aber sie sagte, das sei nicht ihre Art und sie wüsste, dass ich sie nicht vergessen würde, wenn ich erst mal ein berühmter Komiker wäre.

Und ich schwöre bei meinem Leben, dass sie recht hat.

Mittwoch, 15. Mai

17.00 Uhr

Als ich heute zur Schule ging, sprang Theo plötzlich neben mir aus den Büschen und rief: »Luis, erzähl mir bitte einen von deinen blöden Witzen!«

Ehrlich gesagt sprühe ich so früh am Morgen noch nicht gerade vor Humor. Andererseits bin ich ja jetzt ein Halbprofi, also ratterte ich schnell ein halbes Dutzend Witze runter. Theo war wirklich ein sehr dankbares Publikum.

Dann streckte er plötzlich seine Hand aus und sagte: »Ich wünsch dir viel Glück bei allem, was du vorhast, Luis.«

Ich kriegte einen ganz schönen Schreck. Es klang fast so, als ob Theo wüsste, dass ich morgen weglaufen würde. Aber woher sollte er das wissen? Schließlich kennen nur Maddy und ich das Geheimnis.

Es blieb keine Zeit mehr, um genauer nachzufragen, weil Mrs Archer in der Ferne auftauchte und Theo sich schnell aus dem Staub machte. Danach ergab sich keine Gelegenheit mehr, noch mal mit ihm zu reden.

Der restliche Tag verging wie im Schneckentempo. Aber als ich heute Nachmittag durch das Schultor ging, fühlte ich ganz deutlich, dass diese Schule mir nie wieder das Leben zur Hölle machen wird.

21.30 Uhr

Hab jetzt alles, was ich zum Weglaufen brauche, in mein Zimmer geschafft. Wenn ich das hier zu Ende geschrieben habe, werde ich den ganzen Kram (und dich, liebes Tagebuch) in meiner Schultasche verstauen. Die Schulbücher schmeiße ich natürlich vorher raus. Die brauche ich schließlich nicht mehr.

Ich lasse meinen Eltern eine Nachricht da, damit sie wissen, dass ich nicht entführt worden bin oder so was. Die Nachricht lautet:

Liebe Mum, lieber Dad,
ich hoffe, es geht Euch gut. Ich schreibe Euch diesen Brief, weil ich fortgehe, um ein berühmter Komiker zu werden. Vielen Dank, dass Ihr mir immer etwas zu essen gegeben und auf mich aufgepasst habt.

Ich wünsche Euch für die Zukunft alles Gute. Wir werden uns bestimmt eines Tages wiedersehen. Lasst bis dahin den Kopf nicht hängen!

In Liebe,
Luis

PS: Ich ziehe zwar aus, aber ich wäre Euch sehr dankbar, wenn Ihr trotzdem darauf achten könntet, dass Elliot nicht in mein Zimmer geht. Danke!

Auf dem Weg zu Ruhm und Reichtum

Donnerstag, 16. Mai
10.15 Uhr

Habe das Haus heute früh um kurz nach acht verlassen.

Dad war schon zur Arbeit gegangen, und Mum war damit beschäftigt, Elliots Mathebuch zu suchen. Weil wir uns ja wahrscheinlich eine lange Zeit nicht sehen würden, wollte ich mich lieber richtig von ihr verabschieden.

»Ich bin jetzt weg, Mum«, sagte ich. »Vielen Dank, dass du dich die letzten zwölf Jahre um mich gekümmert hast.«

Sie fuhr herum. »Ist alles in Ordnung, Luis?«

»Klar, mir geht's prima. Bis später, Mum. Und pass auf dich auf, okay?«

Und schwups, schon war ich aus der Tür und auf und davon – wahrscheinlich für die nächsten paar Jahre. Ein unglaublich wichtiger Moment in meinem Leben also. Aber wenn ich ehrlich sein soll, war ich längst nicht so aufgeregt, wie ich es erwartet hatte. Stattdessen fühlte ich mich nur ein bisschen leer und … na ja, das war's eigentlich auch schon.

Doch als ich am Bahnhof ankam, bekam ich gleich wieder bessere Laune. Maddy wartete schon auf mich. Sie hatte ihre Schultasche und eine große Plastiktüte dabei. Zu meiner Überraschung trug sie immer noch ihre Schuluniform. Sie meinte, sie wolle mit dem Umziehen lieber warten, bis wir in London waren. Ich glaube, sie war einfach nur total nervös wegen der ganzen Sache. Und das war ja auch wirklich kein Wunder, oder?

Im Zug spielte ich Maddy meine neue Nummer vor. Es ging hauptsächlich um meine Eltern, aber auch um Wormold und Spucki.

»Deine Witze waren ja schon nicht schlecht«, sagte Maddy, »aber das hier ist viel besser. Jetzt hast du wirklich etwas zu sagen.«

Ich nickte stolz. »Stimmt, aber frag lieber nicht, was!«

Als wir in London angekommen waren, fragte ich Maddy: »Ziehst du dich jetzt um?«

Sie schluckte und sagte: »Es wird Zeit, oder?« Dann rannte sie aufs Bahnhofsklo.

Sie blieb Ewigkeiten weg. Doch plötzlich wankte eine Person mit hohen Absätzen auf mich zu. Diesen Anblick werde ich nie vergessen. Maddy trug eine große Sonnenbrille mit blauen Gläsern, lange, baumelnde Ohrringe und ein graues Kostüm. Aber das Auffälligste war ihre riesige rote Lockenperücke. Als würde ein roter Kater auf ihrem Kopf sitzen. Maddy sah weder besonders alt noch besonders jung aus, sondern einfach nur sehr, sehr seltsam.

»Und, was meinst du?«, fragte sie und lächelte schüchtern.

»Also, du wirst auf jeden Fall einen bleibenden Eindruck

hinterlassen«, antwortete ich. In diesem Moment machte sich die Perücke selbstständig und rutschte Maddy in die Stirn.

»Vielleicht solltest *du* dich nachher auf die Bühne stellen«, sagte ich. »Du bist viel witziger als ich.«

Maddy flitzte zurück auf die Toilette, um ihre Perücke zu richten. Als sie zurückkam, sagte sie: »Jetzt müsste es eigentlich gehen. Ich darf bloß nicht zu schnell laufen oder den Kopf schütteln. Mal ehrlich, ich seh echt verboten aus, oder?«

»Nein … oder besser gesagt, ja. Aber ich wette, viele von diesen Fernseh-Eltern laufen auch total merkwürdig rum. Zwischen denen fällst du bestimmt gar nicht auf.«

Ich glaube, das beruhigte Maddy ein bisschen.

12.00 Uhr

Wir waren viel zu früh beim Robson Theater und blieben noch eine Weile draußen stehen. Plötzlich gab Maddy ein seltsames, würgendes Geräusch von sich.

»Musst du etwa …?«

»Halt die Klappe!«, zischte sie. Ihr Gesicht war so rot wie eine heiße Herdplatte. »Sprich es nicht aus, sonst tu ich es wirklich.« Dann holte sie einen Schlüsselbund heraus und begann damit herumzuspielen. »Das sind die Ersatz-Autoschlüssel meiner Mutter«, flüsterte sie. »Ich hab gedacht, wenn ich die in der Hand halte, komme ich vielleicht besser in meine Rolle rein.«

Diesmal stand keine Schlange vor der Tür und wir gingen direkt in die Eingangshalle. Der gelangweilte Typ war auch wieder da. Er starrte Maddy einen Moment lang durchdringend an.

»Hallo«, sagte Maddy. »Ich bin Mrs …« Und dann entstand ein schreckliches, peinliches Schweigen, als sie versuchte, sich an meinen Nachnamen zu erinnern. Schließlich musste ich ihr vorsagen.

Der Typ warf Maddy noch einen durchdringenden Blick zu, dann schaute er auf seine Liste, gab mir ein Schildchen mit meinem Namen und der Nummer zwölf und zeigte uns den Weg zum Warteraum.

»Es tut mir so leid, Luis. Aber mein Kopf war auf einmal wie leer gefegt …«

»Keine Sorge, Mum«, antwortete ich. »Du bist nur ein bisschen nervös, sonst nichts. Das passiert jedem mal.«

In diesem Moment sah ich Josie aus dem Warteraum kommen. Ich stieß Maddy an, die daraufhin die Autoschlüssel fest umklammerte und anfing, »volle Konzentration, volle Konzentration« vor sich hin zu flüstern.

Als Josie meine merkwürdige »Mum« erblickte, bekam sie vor lauter Staunen erst mal den Mund nicht mehr zu. Aber sobald Maddy anfing zu sprechen, schien Josie sich wieder zu beruhigen. Maddys Stimme war vielleicht ein kleines bisschen zu leise, aber sie klang trotzdem hundertfünfzigprozentig erwachsen. Da gab es überhaupt keinen Zweifel.

Josie führte uns in den Warteraum. Obwohl wir zwanzig Minuten zu früh waren, war es dort schon brechend voll. In der Mitte stand ein Mädchen mit einem Cowboyhut und einer knallroten Lederjacke, das gerade lautstark verkündete: »Musik ist mein Leben!«

»Das ist ja nicht zum Aushalten«, flüsterte Maddy. »Können wir nicht woanders warten?«

Da stürmte Serena, die Hexe, herein. Sie wurde wieder von ihrem Großvater und ihrer Mutter begleitet. Sie rannte direkt auf mich zu. »Wie schön, dich wiederzusehen!«, rief sie und umarmte mich sogar kurz. Ich merkte, wie Maddy in Abwehrstellung ging. Serena musterte sie.

»Ist das deine Mutter?«, flüsterte sie mir zu.

»Höchstpersönlich sogar.«

»Ich hatte sie mir ganz anders vorgestellt.«

»Komisch, das sagen viele«, antwortete ich.

Dann begrüßte Maddy Serenas Mutter und ihren Großvater. Sie hatte dieses erwachsene Gelaber total gut drauf und sagte mit schwärmerischer Stimme Sachen wie: »Sie müssen sehr stolz auf Serena sein.«

Außerdem bewegte sie sich auch wie eine echte Mutter. Sie übertrieb es nicht, sondern bekam es genau richtig hin. Ich war total begeistert von ihr.

Dann wurden wir wieder alle zum Shakespeare-Raum gescheucht und Maddy setzte sich nach hinten zu den anderen Erwachsenen. Vorne saß dieselbe Jury wie beim letzten Mal.

»Aha, das Exekutionskommando ist auch wieder da«, flüsterte ich Serena zu.

Sie kicherte. »Mit dir vergesse ich immer mein ganzes Lampenfieber.«

Aber trotz meiner lockeren Sprüche war ich wahnsinnig aufgeregt. Wenn ich bei diesem Vorsprechen und bei den Probeaufnahmen heute Nachmittag gut abschnitt, konnten schließlich ein paar wirklich wunderbare Dinge passieren. Wenn, wenn, wenn.

Die meisten Kandidaten sangen und ein paar von ihnen hatten echt klasse Stimmen. Das Mädchen mit dem Cowboyhut holte alles aus ihrer Lunge raus und konnte auch ganz gut tanzen.

Serena sah das allerdings anders. »Ihr Tanzstil ist total überholt, außerdem ist sie einfach nur unsympathisch.«

»Ganz im Gegensatz zu uns natürlich«, sagte ich.

Serena grinste – und dann war sie an der Reihe. Sie war einfach spitze und führte ein paar tolle Kartentricks vor.

Der nächste Teilnehmer war meine Wenigkeit. Meine Beine fühlten sich an wie Wackelpudding. Am Anfang kam ich ganz schön ins Schwitzen, weil es ein paar Sekunden dauerte, bis ich meinen ersten Lacher bekam. Aber dann lief es wie geschmiert (sogar ohne australischen Akzent). Ich erzählte ihnen alles, was ich dir auch schon erzählt habe, liebes Tagebuch, zum Beispiel die Geschichten über meine Eltern und die Schule. Ich imitierte auch ein paar Leute und machte den einen oder anderen Witz. Zum Beispiel: »Ich würde nicht sagen, dass Spucki ein langweiliger Mensch ist, aber einmal hat er sogar ein Glasauge zum Einschlafen gebracht.«

Doch am meisten wurde bei den Geschichten über meine Eltern gelacht. Zum Beispiel wie sie mir meinen Fernseher geklaut haben oder in meinem Zimmer herumsitzen und mir bei den Hausaufgaben zusehen. Es war ein absolut fantastisches Gefühl, dort auf der Bühne zu stehen. Das ist genau das richtige Wort: fantastisch. Nach meinem Auftritt lächelten mir alle zu und ein paar Leute klopften mir sogar auf die Schulter. Es kam mir vor, als hätte ich lauter neue Freunde gewonnen.

Jetzt hat die Jury alle fünfzehn Kandidaten gesehen und beschließt gerade, wer heute Nachmittag bei den Probeaufnahmen mitmachen darf. Vorher hat Josie noch gesagt: »Wir stehen vor einer sehr schweren Entscheidung.« Das klingt nicht gerade aufmunternd, finde ich.

Wie du dir sicher vorstellen kannst, ist die Spannung hier im Raum geradezu unerträglich. Einige Kinder (und ein paar Eltern) haben ihr Gesicht in den Händen vergraben und sitzen einfach nur da. Andere reden sehr laut und lachen andauernd. Ich hab Serena, der Hexe, noch ein paar lustige Geschichten über meine Eltern erzählt, aber mein Herz klopft wie verrückt. Und das Warten nimmt einfach kein Ende.

Moment mal! Josie ist gerade aufgestanden und will etwas sagen …

13.05 Uhr

Ich wollte, dass du es als Erster erfährst.

Josie hat nur drei Kandidaten aufgerufen. Serena, die Hexe, Caro, das Mädchen mit dem Cowboyhut, und mich. Wir mussten nach vorne kommen und Josie verkündete: »Ihr drei dürft heute Nachmittag mit euren Eltern zu den Probeaufnahmen kommen.«

Als wir den Raum verließen, klatschten alle (was wirklich nett von den anderen war). Fühlte mich wie ein König.

Ich hab's fast geschafft, liebes Tagebuch. Nur noch eine allerletzte Hürde!

13.50 Uhr

Wir sitzen wieder im Warteraum. Überall stehen Teller mit Schnittchen und Getränke. Aber niemand hat großen Hunger. Maddy ist auf der Toilette verschwunden, weil ihre Perücke angefangen hat, furchtbar zu jucken. Also sitze ich hier herum, gehe meine Nummer noch mal durch und frage mich, ob Mum meinen Brief wohl schon gefunden hat.

Wenn ich jetzt so drüber nachdenke, war ich vielleicht doch ein bisschen hart zu ihr und Dad. Ich meine, es ist bestimmt nicht besonders lustig, sich von sämtlichen Nachbarn ständig anhören zu müssen: »Mein Sohn hat heute fünf Einsen bekommen und meine Tochter spielt Tuba. Macht ihr nutzloser Sohn denn inzwischen auch irgendetwas Sinnvolles?«

Na ja, bald haben meine Eltern auch einen Grund zum Angeben. Wenn ich weiß, wann ich ins Fernsehen komme, sag ich ihnen auf jeden Fall Bescheid. Ich könnte an dem Abend ja vielleicht sogar nach Hause fahren und mir die Sendung mit ihnen zusammen anschauen. Und danach werden sie sich dann bei mir entschuldigen, weil sie mich kein bisschen unterstützt haben. Doch ich lass sie natürlich nicht allzu lange vor mir im Staub kriechen. Nach ungefähr einer Stunde sag ich ihnen, dass es reicht.

Am liebsten würde ich auf der Stelle losgehen und meinen Auftritt hinter mich bringen. Ich hasse diese ständige Warterei. Maddy ist auch schon eine Ewigkeit weg. Aber jetzt kommt sie gerade zurück, darum muss ich Schluss machen. Fortsetzung folgt.

20.15 Uhr

Sorry, hab's nicht eher geschafft weiterzuschreiben. In den letzten paar Stunden ist nämlich eine Menge passiert. Einiges davon kann ich immer noch nicht glauben.

Zuerst musste ich bis Viertel nach drei warten, bevor ich

endlich dran war. Bei den Probeaufnahmen gibt es keine Zuschauer. Nur dich, deine Eltern und die drei Weisen aus dem Affenland. Serena, die Hexe, war direkt vor mir an der Reihe. Es dauerte Ewigkeiten. Dann stürmte sie plötzlich aus dem Aufnahmeraum. Ich ging zu ihr rüber, aber sie bekam erst mal kein Wort heraus, weil sie so außer Atem war.

»Lassen sie einen da drin etwa Dauerlauf machen?«, fragte ich.

Serena lachte, dann keuchte sie: »Ich hab's geschafft!«

Sie umarmte mich, und ihre Mutter und ihr Großvater hüpften herum wie kleine Kinder. Ich freute mich total für sie.

Serena wünschte mir viel Glück, meinte aber, ich hätte es bestimmt nicht nötig, weil ich dafür viel zu gut wäre. Dann war ich dran.

Josie zeigte Maddy, wo sie sich hinsetzen sollte. Ich musste mich auf einen auf den Boden geklebten Stern stellen. Neben mir standen lauter Kameras. Aber Josie sagte, ich solle sie gar nicht beachten, sondern nur in die Kamera direkt vor mir schauen. Sie wisse, dass es schwieriger für mich wäre, meine Nummer ohne Publikum zu spielen, aber ich würde es bestimmt trotzdem prima hinbekommen. Dann wollte sie wissen, wie ich mich fühle.

Ich weiß nicht, warum, aber ich fühlte mich plötzlich schrecklich unsicher und ängstlich. Vielleicht lag das am Anblick der beiden Zombies, die rechts und links von mir standen. Das behielt ich jedoch lieber für mich, weil Josie mich nicht für einen blutigen Anfänger halten sollte. Stattdessen tat ich total selbstsicher und legte los.

Als ich erst mal angefangen hatte, verschwand das Lampenfieber augenblicklich. Es machte mir zwar nicht so viel Spaß wie vorhin auf der Bühne, aber ich war immer noch ziemlich gut. Maddy lachte sich halb tot, so als hätte sie die Nummer nicht schon ungefähr vierzehn Mal gesehen. Auch Josie lachte, aber der Bart-Mann saß einfach nur da und massierte sein Kinn, und der Dauerwellen-Mann sah aus, als wäre er in Trance gefallen.

Und dann war es plötzlich vorbei. Ich setzte mich neben Maddy, während die Jury die Köpfe zusammensteckte.

»Du warst einfach fantastisch«, sagte sie.

»Kannst du das nicht etwas lauter sagen?«, erwiderte ich und grinste.

Die drei berieten sich eine halbe Ewigkeit, dann rief Josie mich nach vorne.

»Hut ab, Luis, du hast es wirklich weit geschafft. Du warst sehr gut und hast uns glänzend unterhalten. Doch wir mussten eine schwere Entscheidung treffen und haben uns im Endeffekt dazu entschlossen, dich nicht zu den Fernsehaufnahmen morgen einzuladen. Es tut mir sehr leid.«

Erst kapierte ich Josies Worte überhaupt nicht. Sie schienen durch einen langen Tunnel zu kommen. Dann hörte ich mich selbst sagen: »Was soll's, so ist das Leben.«

»Ich hoffe, du bist jetzt nicht zu enttäuscht«, sagte Josie.

»Ach was. Es kann nun mal nicht jeder weiterkommen, stimmt's?« Selbst jetzt wollte ich auf jeden Fall die Fassung bewahren.

Josie lächelte mir zu und gab mir eine DVD. »Eine kleine Erinnerung für dich an den heutigen Tag«, sagte sie. Ich nahm die DVD völlig benommen entgegen.

Beim Weggehen rief Maddy plötzlich mit ihrer normalen Stimme: »Sie sind ja verrückt! Luis platzt doch fast vor komischem Talent!« Genau in diesem Moment rutschte ihre Perücke ein Stück nach vorne, so als wollte sie Maddys Worten Nachdruck verleihen.

Kaum waren wir draußen, stürzte Serena, die Hexe, auf uns zu. »Wie war's?«, rief sie. Dann sah sie mein Gesicht, machte einen Schritt nach hinten und sagte entsetzt: »Oh, nein.«

Ich winkte ihr nur kurz zu. »Ich freu mich echt, dass du es geschafft hast. Und ich werd mir deinen Auftritt auf jeden Fall im Fernsehen anschauen und dir zujubeln, wenn du die Bühne betrittst. Versprochen!«

Maddy und ich wankten in die Eingangshalle. Auch wenn das jetzt vielleicht eingebildet klingt, ich hatte ehrlich gesagt keine Sekunde damit gerechnet, dass ich durchfallen könnte. Nicht nachdem ich so weit gekommen war. Ich fühlte mich total gedemütigt. Offenbar war ich längst nicht so gut, wie ich gedacht hatte.

Maddy versuchte, etwas zu sagen. Aber ich wollte nicht mit ihr reden. Ich wollte mit niemandem reden, außer … mit Mum und Dad. Der Schock über mein Ausscheiden hatte mich offensichtlich völlig durcheinandergebracht. Aber in diesem Moment wollte ich nur noch meine Eltern. Und sonst niemanden.

Plötzlich meinte ich, meinen Vater in die Eingangshalle kommen zu sehen.

Ist er es wirklich oder drehe ich jetzt total durch, überlegte ich.

Da erblickte mich der Mann, der wie Dad aussah, und imitierte erstaunlich echt eine von diesen Spielzeugpuppen, deren Augen aus dem Kopf quellen, wenn man sie auf den Bauch drückt.

»Da ist dein Vater«, flüsterte Maddy hilfsbereit.

Er rannte auf uns zu und starrte mich total geschockt und voller Angst an. »Luis, was zum Teufel ist hier los?«

Ich wusste nicht so genau, was ich darauf sagen sollte, aber zum Glück antwortete meine Agentin für mich. Die Perücke war ihr inzwischen komplett in die Stirn gerutscht.

»Luis hat an einem Vorsprechen für eine Fernsehsendung teilgenommen. Und er hätte es auch geschafft, wenn nicht diese beiden bescheuerten Volltrottel gewesen wären.«

Dad starrte sie an. »Maddy!«, rief er ungläubig. »Aber warum bist du …?«

»Ich musste von einem Erziehungsberechtigten begleitet werden«, unterbrach ich ihn.

Dad sah immer noch etwas verwirrt aus, aber plötzlich erschien ein winziges Funkeln in seinen Augenwinkeln. Dann stürmte noch ein bekanntes Gesicht in die Empfangshalle: Mike.

So langsam begann ich mich zu fragen, ob unsere ganze Straße hier auftauchen würde, wenn ich lange genug in der Eingangshalle herumstand.

Mike schnaufte heftig, als er mich sah. »Wie ich sehe, hast du einen von ihnen gefunden«, bellte er meinen Vater an. »Aber wo ist mein Sohn?« Er richtete diese Frage direkt an mich. »Theo ist doch bei dir, oder?«

»Theo?« Ich warf Dad einen fragenden Blick zu.

»Theo ist heute auch nicht in der Schule gewesen«, sagte

Dad ruhig. »Wir dachten, er wäre vielleicht mit dir zusammen weggelaufen.«

Nachdem ich Mike davon überzeugt hatte, dass sich Theo nicht in meiner Tasche versteckt hatte, gingen wir alle vier zu Dads Auto. Dad und Mike saßen vorne. Auf der Rückfahrt quatschte Mike die meiste Zeit wütend in sein Handy, während Dad ihm andauernd versicherte, Theo sei bestimmt nicht weit gekommen.

Ich saß hinten neben Maddy und flüsterte ihr zu: »Woher Dad wohl wusste, dass ich hier war?«

Sie zuckte nur mit den Schultern. »Ist doch egal. Jetzt ist sowieso alles gelaufen.«

Dad setzte Mike ab, dann brachte er Maddy nach Hause. Sie hatte ihre Perücke und die Brille abgenommen und versuchte immer noch, sich mit mir zu unterhalten. Aber ich konnte ihr nicht einmal ins Gesicht sehen. Ich wusste, dass ich sie total enttäuscht hatte. Und was war mit all dem Geld, das sie für mich ausgegeben hatte?

»Ich werde dir das Geld auf jeden Fall zurückzahlen«, verkündete ich aus heiterem Himmel.

»Ach was, das ist mir doch völlig egal«, sagte sie. Aber das war garantiert gelogen.

»Es könnte allerdings eine Weile dauern«, gab ich zu. »Ich hab nämlich beschlossen, doch kein Komiker zu werden. Ich gebe es auf.«

Maddy schnappte nach Luft. »Oh nein, tu das nicht!«

Ich winkte müde ab. In diesem Moment wollte ich mit niemandem reden. Ich wollte einfach nur mit meinen zerstörten Träumen allein sein.

Beim Aussteigen sagte Maddy: »Wir sehen uns bald, okay?« Aber ich war zu deprimiert, um zu antworten.

Als wir nach Hause kamen, hatte ich ganz schön Schiss davor, Mum unter die Augen zu treten. Ich machte mich auf eine saftige Ohrfeige gefasst, aber sie sagte nur: »Ist dir eigentlich klar, was wir heute deinetwegen durchgemacht haben?« Erstaunlicherweise war's das auch schon. Abgesehen davon, dass Elliot wie ein Verrückter durch die Gegend hüpfte und natürlich genau wissen wollte, wo ich gewesen war.

Dann kam Penny vorbei. Es gab immer noch nichts Neues von Theo. Ich erinnerte mich daran, wie er mir gestern die Hand geschüttelt hatte. Da hatte er garantiert schon vorgehabt wegzulaufen. Dann fiel mir noch etwas ein.

»Ich weiß ja nicht, ob euch das irgendwie weiterhilft«, sagte ich, »aber Theo hat mir mal erzählt, dass er immer in den Park geht, wenn er ein bisschen nachdenken will und …«

»Der Park!«, rief Penny. »Stimmt ja! Da haben wir noch gar nicht gesucht.« Sie stürmte aus dem Haus und Mum rannte hinterher.

»Ich geh mal meine Sachen auspacken«, murmelte ich, als ob ich längere Zeit verreist gewesen wäre. Aber ich packte nicht aus und holte auch nicht mein Video aus dem Auto. Ich warf mich einfach nur auf mein Bett.

Später hörte ich Mum zurückkommen. »Sie haben Theo gefunden«, sagte sie zu Dad. »Er lag zusammengerollt auf einer Parkbank.«

»Der arme Junge!«, rief Dad. Dann murmelte er irgendwas von zu viel Druck. So richtig konnte ich es nicht verstehen, aber Mum gab auf jeden Fall eine zustimmende Antwort.

Danach kamen die beiden nach oben in mein Zimmer. Ich machte schnell die Augen zu und spielte sehr überzeugend den Schlafenden.

»Er ist fix und fertig«, sagte Dad.

»Ich weiß. Als er vorhin nach Hause kam, sah er so erschöpft aus, dass ich ihm einfach nicht böse sein konnte.«

Das muss ich mir merken: Wenn ich keinen Ärger mit Mum kriegen will, muss ich nur möglichst müde aussehen. Dann entdeckte Mum meinen Abschiedsbrief, der immer noch auf dem Schreibtisch lag. »Jetzt sieh dir das an«, flüsterte sie.

Sie lasen den Brief, dann murmelte Dad: »*Ich schreibe euch diesen Brief, weil ich fortgehe, um ein berühmter Komiker zu werden.*« Er lachte leise, aber es klang nicht höhnisch oder herablassend. Kurz danach schlichen sie auf Zehenspitzen wieder hinaus. Sie denken, ich schlafe jetzt.

So, das war's für heute. Mehr gibt's nicht zu erzählen.

23.40 Uhr

Gibt es doch! Nachdem ich vorhin zu Ende geschrieben hatte, schlief ich kurz ein. Als ich aufwachte, hörte ich mich selbst reden (ein sehr merkwürdiges Gefühl). Ich schlich nach unten und sah Mum und Dad im Wohnzimmer sitzen und sich mein Video anschauen. Sie lachten beide ziemlich laut. Dann entdeckten sie mich und Dad rief: »Du bist ja richtig witzig!«

»Tja, das ist 'ne echte Überraschung, was?«, erwiderte ich.

»Du hast wirklich Talent«, sagte er und auf seinem Gesicht erschien ein leichtes Lächeln. »Als ich ein Teenager war, dachte ich, ich wäre musikalisch begabt. Und vielleicht war ich das auch.«

»Ja, vielleicht«, sagte ich aus reiner Höflichkeit.

»Aber mir fehlte eine andere Eigenschaft, von der du jede Menge hast: echte Entschlossenheit.«

Dann fingen er und Mum an, mich mit Fragen zu bombardieren. Sie wollten alles über das Vorsprechen wissen. Aber es war nicht so wie ihre üblichen Kreuzverhöre. Diesmal schien es sie wirklich zu interessieren. Also erzählte ich ihnen alles. Ein- oder zweimal merkte ich, wie Mum etwas erwidern wollte, doch sie hielt sich zurück und schluckte es jedes Mal hinunter.

Wir schauten uns das Video noch zweimal zusammen an. Und es schien ihnen gar nichts auszumachen, dass ich mich die meiste Zeit über sie lustig machte. Das hat mich echt beeindruckt.

Dann kam Elliot nach unten und wollte sich das Video unbedingt auch ansehen. Er lachte laut über jeden einzelnen Witz und schlief danach augenblicklich ein. Dad trug ihn zurück nach oben, während Mum sich neben mich auf das Sofa setzte.

Jetzt ist es so weit, dachte ich. Jetzt kommt die große Standpauke.

»Eltern müssen viele verschiedene Rollen spielen, Luis«, sagte Mum. »Sie sind Ärzte, Krankenpfleger, Psychiater, Freunde, Lehrer …«

»Du kannst jederzeit aufhören, wenn du keine Lust mehr hast, Mum«, unterbrach ich sie.

Sie lächelte. »Manchmal wirst du von einer Rolle so eingenommen, dass du die anderen ganz vergisst.«

Dann drückte sie mir plötzlich einen ihrer Schlabber-Küsse

auf die Stirn. Aber wir waren ja unter uns, darum wehrte ich mich nicht. Da merkte ich auf einmal, dass ich tierischen Hunger hatte. Mum machte mir Bohnen auf Toast, und während ich heftig kaute, sagte Dad: »Du magst es also nicht, wenn wir in dein Zimmer kommen, während du Hausaufgaben machst.«

Er klang ehrlich erstaunt – so als hätte ich das noch nie zuvor erwähnt!

Also erklärte ich ihnen geduldig, warum ich es blöd finde, wenn sie mich ständig bei den Hausaufgaben nerven oder wegen meiner Noten unter Druck setzen. Außerdem mag ich es nicht, wenn sie meine gesamte Freizeit verplanen wollen. Genauso wenig wie Elliot, wie ich in einem seltenen Anfall von Bruderliebe hinzufügte. Und schließlich erklärte ich ihnen noch ganz genau, was ich alles an meiner neuen Schule hasse, und diesmal hatte ich wirklich das Gefühl, dass sie mir zuhörten. *Endlich!*

Die Zeit verging wie im Flug. Ich konnte es kaum glauben, als Mum plötzlich sagte: »Du meine Güte, es ist ja schon nach elf.«

Die Stimmung war inzwischen ausgesprochen sanft und liebevoll.

»Muss ich denn morgen wirklich zur Schule gehen?«, fragte ich und war total überrascht, als Dad antwortete: »Nein, morgen kannst du mal einen Tag Pause von der ›Lernhölle‹ machen, wie du sie nennst.«

Mum sah erst so aus, als wollte sie Dad widersprechen, aber dann sagte sie ruhig: »Na gut, aber nur morgen.«

Als ich wieder in meinem Bett lag, dachte ich darüber nach,

wie heute mein großer Traum zerplatzt war. Nun war ich also auf direktem Weg wieder in Streber-City gelandet. Aber dann fiel mir ein, wie meine Eltern über das Video gelacht hatten. Und dieser Gedanke zauberte ein leichtes Lächeln auf meine müden Lippen.

00.15 Uhr

Mir ist gerade was eingefallen, was ich dir eigentlich schon vorhin erzählen wollte. Ich hab Dad gefragt, woher er wusste, wo ich heute war. Meine Schule hatte heute gegen elf Uhr angerufen und Mum über Theos und mein Fehlen informiert. Penny vermutete sofort, ich hätte ihren kostbaren Theo entführt und würde ihn jetzt auf die schiefe Bahn bringen. Dann kamen Dad und Mike aus dem Büro nach Hause gerast, und es gab noch mehr Ärger, weil Mike auch der Meinung war, ich hätte Theo zum Weglaufen überredet.

Aber dann, so gegen ein Uhr, kam ein geheimnisvoller Anruf. Es war eine Frauenstimme. Sie teilte Dad mit, wo ich war und dass ich beim Vorsprechen für eine wichtige Fernsehshow mitmachen würde. Noch bevor Dad irgendetwas fragen konnte, legte sie auf.

Das muss Josie gewesen sein. Warum aber sollte sie meinen Vater anrufen? Vor allem, weil sie ja dachte, meine Mutter wäre mit mir im Theater. Das ist wirklich sehr merkwürdig.

Ein überraschendes Wiedersehen

Freitag, 17. Mai
12.30 Uhr

Willst du eine tolle Neuigkeit hören? Nein, die Fernsehgesellschaft hat nicht angerufen, weil ich jetzt doch in der Show auftreten soll. Das wäre jenseits von toll oder super … egal, das ist es jedenfalls nicht. Aber es ist immer noch ziemlich umwerfend.

Ich muss weder nächsten Montag noch Dienstag, Mittwoch oder Donnerstag zurück in Spuckis Wachsfigurenkabinett. Genauer gesagt: Ich muss überhaupt nicht mehr hin! Mum meint, die Schule und ich würden einfach nicht zusammenpassen. Hörte sich fast so an, als wären wir ein Liebespaar oder so was. Außerdem fand Mum, es wäre einfach nicht richtig, dass ich mich dort so unglücklich und fremd fühle. Sie und Dad kümmern sich gerade um ein brandneues Gefängnis für mich!

Es gibt nur einen Haken. Bis ich auf die neue Schule komme, kriege ich einen Privatlehrer. Ich halte ja eigentlich nichts davon, Lehrer mit nach Hause zu bringen. Eine schreckliche Angewohnheit. Aber warte, bis du hörst, wer mein Lehrer ist.

Du erinnerst dich doch noch, wie meine Eltern diesen Typen schon mal erwähnt haben. Ich dachte, er würde Mr Walross heißen, aber ich hatte den Namen nicht richtig verstanden. Er heißt nämlich in Wirklichkeit Mr Wallace. Das sagte mir immer noch nichts, bis ich seinen Vornamen hörte: Todd. Ja, der Todd vom Theaterkurs. Meine Eltern wussten, dass ich ihn mag, und hatten herausbekommen, dass er nicht nur in Das Revier mitgespielt hat und Theaterkurse gibt, sondern auch Englisch und Mathe unterrichtet. Nächsten Dienstag geht's los.

17.00 Uhr

Heute Nachmittag habe ich Theo besucht. Mike öffnete mir die Tür. Er war rot im Gesicht und sah ziemlich durcheinander aus. Offenbar hat Theo eine Art Schüttelfrost. Er zittert die ganze Zeit und der Arzt hat ihm absolute Ruhe verordnet. Ich wünschte, das würde mir auch mal jemand verordnen! Aber ich muss fairerweise zugeben, dass Theo wirklich nicht wie das blühende Leben aussah. Er war total blass und seine Augen waren ganz eingesunken. Hat mir echt leidgetan, ihn so zu sehen.

Aber weil ich ja stets darauf bedacht bin, meine Mitmenschen ein bisschen aufzumuntern, sagte ich: »Immerhin haben wir die blöde Mathearbeit verpasst.«

Theo lächelte nur traurig und flüsterte: »Hast du schon gehört, dass ich gestern meine Eltern angeschrien habe?«

»Nein, erzähl. Ich will jede Einzelheit wissen.«

»Also, nachdem sie mich aus dem Park geholt hatten, fing Dad sofort an zu schimpfen. Das hatte ich auch nicht anders erwartet. Aber er hörte gar nicht mehr auf und hielt mir ständig vor, er und Mum hätten ihr ganzes Leben für mich geopfert. Da schnappte plötzlich etwas in mir über, und ich hatte das Gefühl, kein einziges Wort mehr ertragen zu können. Also hab ich angefangen, sie anzuschreien.«

»Was hast du denn genau gesagt?«, fragte ich gespannt.

»Dass sie aufhören sollen, ihr Leben für mich zu opfern. Dass sie mich einfach in Ruhe lassen sollen, weil sie mich total runterziehen und … und dass ich sie gründlich satthabe.«

»Super! Sonst noch was?«

»Nein, das war's.«

»Schade. Und was haben sie gesagt?«

»Nicht viel, sie haben mich nur völlig entsetzt angestarrt. Aber heute Morgen kam Dad zu mir, setzte sich auf die Bettkante und redete stundenlang mit mir. Er sagte, er sei auf meiner Seite und wolle nur das Beste für mich. Und es wäre sehr wichtig, dass ich das verstehen würde. Ich antwortete, ich verstehe es, denn er meint es doch wirklich gut mit mir, oder?«

Ich zuckte mit den Schultern.

»Doch, ich glaub schon«, flüsterte Theo. Dann lehnte er sich zurück und schloss die Augen.

»Ich verschwinde mal wieder«, sagte ich. »Werd bald wieder gesund, okay?«

Als ich gerade aus dem Zimmer gehen wollte, murmelte er: »Dad hat gesagt, er hat sich etwas ganz Besonderes für mich überlegt, wenn ich wieder gesund bin.«

»Eine Reise nach Disneyland?«

»Nein.« Theo öffnete wieder die Augen. »Ein neuer Nachmittagskurs, der gerade total gefragt ist. Man lernt dort, richtig mit seiner Wut umzugehen.«

»Na, dann halt mir lieber keinen Platz frei.«

Theo kicherte und sagte: »Komm bald wieder, okay?«

21.00 Uhr

Habe heute mehrmals versucht, Maddy zu erreichen, aber ihr Handy ist immer abgestellt. Hoffentlich haben ihre Eltern es ihr nicht als Strafe wegen gestern weggenommen.

Samstag, 18. Mai

Heute steckte ein Werbezettel für einen Salsa-Tanzkurs im Briefkasten. Ich legte ihn auf den Küchentisch und Dad sah ihn sich an.

»Und? Wollt ihr diesmal mitmachen?«, fragte ich.

»Sollen wir?«, fragte Mum, sah Dad an und lachte.

»Warum nicht«, antwortete er und fing ebenfalls an zu lachen.

Ich glaube, ich hab tatsächlich endlich ein neues Hobby für meine Eltern gefunden. Bin sehr erleichtert – eine Sorge weniger! Maddys Handy ist immer noch abgestellt.

Wenn Eltern zu gut erzogen sind …

Sonntag, 19. Mai

Heute kurz nach dem Mittagessen rief Maddys Mutter an. Es handelte sich um eine Art Notruf. Maddy hatte sich in ihrem Zimmer eingeschlossen und weigerte sich herauszukommen. Jetzt sollte ich versuchen, mit ihr zu reden.

Dad fuhr mich bei Maddy vorbei und sagte, er würde mich in einer Stunde wieder abholen. Maddys Eltern warteten schon an der Haustür auf mich. Sie sahen total durcheinander aus.

»Sie ist kurz nach dem Frühstück nach oben gerannt und hat gerufen, sie würde nie wieder aus ihrem Zimmer kommen«, sagte Maddys Mutter. »Erst dachten wir, sie hat einfach nur einen Wutanfall. Aber dann wollte sie nicht mal mit uns reden und bekam einen Schreikrampf, als ich vorschlug, ihre Schwestern zu holen. Sie sind gerade bei Freunden. Kannst du nicht mal versuchen, mit ihr zu reden, Luis?«

»Na klar«, antwortete ich. »Nur eine Frage noch: Haben Sie mit Maddy wegen der Sache am Donnerstag geschimpft?«

Maddys Eltern sahen mich verwirrt an. »Was ist denn am Donnerstag passiert?«

Och, nichts Besonderes – Ihre Tochter hat bloß die Schule geschwänzt, ist nach London gefahren und hat meine Mutter gespielt. Ein ganz normaler Tag also. Aber Maddys Eltern wussten eindeutig nichts von alldem, und jetzt war wirklich nicht der richtige Moment, um sie aufzuklären.

An Maddys Tür hing ein Schild mit der Aufschrift: *Mein Zimmer ist mein Saustall!*

Ich klopfte.

»Was willst du?«, fragte eine Stimme.

»Wär nett, wenn ich kurz reinkommen dürfte.«

»Ich hab dir nichts zu sagen«, erwiderte sie.

»Brauchst du auch nicht, es reicht völlig, wenn du mich einfach nur anschaust. Komm schon, lass mich rein.«

Sie öffnete die Tür einen Spaltbreit, winkte mich herein und schloss wieder ab. Maddy schien sich kein bisschen über meinen Besuch zu freuen. Ehrlich gesagt hat mich sogar Spucki herzlicher empfangen als sie.

»Was ist los?«, fragte ich.

Sie stieß ein freudloses Lachen aus. Ich glaube zumindest, dass man das so nennt. »Alles ist los!«, rief sie. »Ich hab jede Menge Zeit und Mühe investiert, um dir zu helfen. Und dann lässt du mich einfach fallen!«

»Ich habe dich nicht fallen gelassen.«

»Doch, hast du, Luis. Du hast gesagt, es wäre alles vorbei und du wolltest nichts mehr mit mir zu tun haben.«

»So hab ich das nie im Leben gesagt!«

»Aber gemeint. Und als ich ›Wir sehen uns bald, okay?‹ gesagt habe, hast du mir nicht mal geantwortet. Das war echt fies von dir, immerhin hab ich deine Mutter gespielt und bei deinen Eltern angeru…« Sie verstummte.

»Was hast du?«, fragte ich.

»Nichts.« Sie wurde knallrot.

Und da fiel bei mir plötzlich der Groschen. »Es war gar nicht Josie, die am Donnerstag bei meinen Eltern angerufen hat! Du warst es, stimmt's?«

»Klar, wer denn sonst?«

»Warum hast du das gemacht?«

»Ich weiß, ich habe dir selbst zum Eltern-Erziehungsprogramm geraten. Aber die Sache ist die: Ich hab meine Eltern zu gut erzogen. Und ich wollte nicht, dass dir das Gleiche passiert. Darum dachte ich, wenn sie dich auf der Bühne sehen und ihnen klar wird, wie gut du bist …«

»Das war wirklich sehr aufmerksam von dir«, sagte ich.

»Allerdings.«

Dann wollte ich wissen, was sie damit meint, dass sie ihre Eltern zu gut erzogen hat. Sie setzte sich auf ihr Bett.

»Nun ja, ich kann mit meinen Eltern inzwischen gar nicht mehr reden. Sie waren nie besonders scharf auf mich und ich mache ihnen deswegen keinen Vorwurf. Sie haben schließlich meine Schwestern, die so wahnsinnig klug, hübsch und lustig sind. Sogar du bist auf sie abgefahren …«

»Bin ich nicht!«

»Doch, bist du.«

»Entschuldige, aber ich sollte schließlich am besten wissen, auf wen ich abfahre«, sagte ich.

»Ist ja auch egal«, meinte Maddy. »Auf jeden Fall finden alle die Zwillinge toll. Und dann gibt's eben noch mich, das hässliche Entlein.«

»Du bist nicht hässlich«, sagte ich. »Und du bist auch nicht wirklich ein Entlein.«

Sie schüttelte den Kopf. »Ich hab mir eingeredet, dass es mir egal ist, was meine Eltern von mir halten. Ich wollte meinen eigenen Weg gehen und sie komplett aus meinem Leben raushalten. Darum hab ich mir das Erziehungsprogramm ausgedacht, das ich dann an dich weitergegeben habe. Und es hat funktioniert. Sie haben mich immer mehr in Ruhe gelassen und auch nichts mehr von mir erwartet. Das war genau das, was ich wollte. Aber ich hab auch gemerkt, wie sie angefangen haben, mich zu hassen. Doch das war mir egal, weil du mir da gerade über den Weg gelaufen bist und ich deine Agentin geworden bin … aber jetzt ist das alles vorbei und mir bleibt nichts mehr.«

Sie fing an zu weinen, und ich hatte keine Ahnung, was ich tun sollte. Schließlich gab ich ihr ein Taschentuch.

»Du kannst es ruhig nehmen«, sagte ich. »Es sind keine Popel dran.«

Sie lächelte und schnäuzte sich kräftig. »Tut mir leid, ich wollte dir nichts vorheulen.«

»Und mir tut's leid, dass ich dir erzählt habe, ich will kein Komiker mehr werden. Das stimmt nämlich nicht …«

Sie sah auf. »Na also, hab ich mir doch gleich gedacht.«

»Und ich fänd's toll, wenn du auch weiterhin meine Agentin wärst … und meine Freundin.« Die letzten drei Worte flüsterte ich, aber Maddy verstand sie trotzdem.

Wir quatschten noch ein bisschen, dann ging ich zu Maddys

Eltern und verkündete, Maddy würde gleich nach unten kommen. Die Folge war allgemeine Erleichterung.

»Darf ich Sie mal was fragen?«, fing ich an.

»Nur zu«, sagte Maddys Dad.

»Sie mögen Maddy doch, oder?«

Ihre Eltern zuckten zusammen und riefen empört: »Aber natürlich!«

»Das ist gut«, murmelte ich. »Ich wollte nur sichergehen.«

»Wir lieben Maddy!«, fügte ihr Dad immer noch ziemlich empört hinzu.

»Noch besser. Das ist genau die richtige Einstellung«, sagte ich schnell. »Aber vielleicht könnten Sie das Maddy bei Gelegenheit auch mal mitteilen. Sie will nämlich immer noch, dass Sie an ihrem Leben teilhaben.«

Jetzt starrten mich ihre Eltern nur noch stumm an und tranken jedes meiner weisen Worte buchstäblich von meinen Lippen. »Also, ich hoffe, ich konnte helfen«, fügte ich hinzu. »Ich melde mich bald wieder. Tschüs!«

Ich war sehr zufrieden mit meiner neuen Rolle als »Kummerkasten-Onkel« und verließ das Haus gerade, als Dad um die Ecke bog.

Maddy stand am Fenster ihres Zimmers und schaute zu mir herunter. Ich winkte ihr zu, damit sie das Fenster öffnete.

»Alles in Ordnung«, rief ich. »Sie hassen dich gar nicht, sondern sie …« Aber ich wollte das Wort »Liebe« nicht quer über die ganze Straße brüllen, darum sagte ich stattdessen: »… sie stehen total auf dich.«

Plötzlich erschien ein Lächeln auf Maddys Gesicht. »Du schaffst es immer wieder, mich zum Lachen zu bringen.«

»Klar, das ist ja auch mein Job, schließlich bin ich Komiker«, sagte ich.

»Und wehe, du vergisst das noch mal!«, rief sie mir nach.

Dienstag, 21. Mai

Hatte heute meine erste Unterrichtsstunde bei Todd.

»Ich will dir ja nicht zu nahe treten, Todd«, sagte ich, »aber warum macht jemand, der in Das Revier mitgespielt hat, so einen Deppenjob?«

Todd sagte, das würde ihn auch ziemlich überraschen. Eigentlich war er davon ausgegangen, inzwischen die Hauptrolle in seiner eigenen Erfolgs-Fernsehserie zu spielen. (Er lachte, sah dabei aber ziemlich traurig aus.) Doch da im Showgeschäft ein harter Konkurrenzkampf herrsche, seien sogar die Besten ab und zu mal ohne Engagement. Darum brauche man immer ein zweites Standbein. Er sei in letzter Zeit bei zwei Vorsprechen gewesen und immer in die engere Auswahl gekommen, habe die Rolle aber beide Male nicht gekriegt.

»Entmutigt dich das nicht manchmal?«, fragte ich ihn.

»Doch, das tut es allerdings.«

»Aber du gibst trotzdem nicht auf, oder?«

»Es gibt ein altes japanisches Sprichwort, das in meiner Küche an der Wand hängt. Es lautet: ›Ein Problem ist in Wirklichkeit nur ein Berg voller Schätze.‹«

Darüber musste ich einen Moment nachdenken. Dann rief ich: »Todd! Du hast mir heute tatsächlich etwas Wissenswertes beigebracht. Herzlichen Glückwunsch!«

Als Todd wieder gegangen war, kam Mum nicht sofort angerast, um nachzusehen, wie viel wir heute geschafft hatten. Ich merkte zwar, dass es sie in den Fingern juckte, aber sie hielt sich zurück. Sie gibt sich wirklich Mühe, diese schlechte Angewohnheit wieder abzulegen. Und ich muss sagen, sie macht tatsächlich große Fortschritte.

Mittwoch, 22. Mai

Maddy hat vorhin angerufen. Sie ist sich jetzt ganz sicher, dass ihre Eltern sie nicht hassen, worüber sie sich natürlich sehr freut. Aber auf der anderen Seite weiß sie nicht so genau, wie es jetzt mit dem Erziehungsprogramm weitergehen soll. Soll sie all ihre Prinzipien einfach über Bord werfen?

Ich erklärte ihr, das Problem bei ihrem Programm sei, dass Eltern die Erziehungsmaßnahmen persönlich nehmen könnten. Sie denken dann, du magst sie nicht mehr (obwohl du in Wirklichkeit nur ein bisschen Ruhe vor ihnen haben willst). Dem Programm fehlt noch ein wichtiger Bestandteil, und ich glaube, ich hab gerade entdeckt, welcher das ist.

Du musst herausfinden, was deine Eltern wirklich mögen, und sie hin und wieder damit ködern. Dadurch erreichst du etwas ungeheuer Wichtiges: *Verhandlungsmacht.* Elternerziehung funktioniert im Grunde so ähnlich wie Schlangenbeschwörung. Wenn du ab und zu den richtigen Ton triffst, kannst du mit ihnen machen, was du willst. Maddy war tief beeindruckt von meiner grenzenlosen Weisheit.

Donnerstag, 23. Mai

Nachdem ich gestern den Mund so voll genommen habe, muss ich heute leider eine Niederlage eingestehen: Ich hab's immer noch nicht geschafft, meinen Fernseher zurückzubekommen. In diesem Punkt sind Mum und Dad überraschend stur. Ich vermute, sie wollen sich einen letzten Rest Stolz bewahren. Mum sagt immer: »Nein, in dem Punkt hatten wir trotz allem recht.« Wenigstens konnte ich eine Forderung auf Entschädigung durchsetzen. Am Samstag kaufen sie mir ein paar neue CDs.

Freitag, 14. Juni

Habe mich heute ein bisschen an meiner neuen Schule umgeschaut und auch den Direktor getroffen. Er hat ein Gesicht wie ein zerbeulter Fußball und die eindrucksvollste Ansammlung von Nasenhaaren, die ich je gesehen habe. Ja, er ist hässlich und sonderbar. Doch sind das nicht alle Schuldirektoren irgendwie? Sonst würden sie sich schließlich gar nicht erst um den Job bewerben, oder? Aber er ist trotz allem längst nicht so schlimm wie Spucki. Außerdem ist er ungefähr hundert Jahre jünger. Die Schule erinnert mich ein bisschen an meine alte Schule (die vor der Spucki-Ära).

»Also«, sagte Dad, als wir uns alles angesehen hatten, »meinst du, du könntest hier glücklich werden?«

Natürlich kann man in einer Schule niemals glücklich werden. Aber ich gab Dad dennoch grünes Licht. Von mir aus kann er die Sache klarmachen.

Ein erstaunlicher Anruf

Freitag, 5. Juli
17.10 Uhr

Vor zehn Minuten hat mein Handy geklingelt. Ich dachte, es wäre Maddy. Sie ruft mich oft um diese Zeit an. Stattdessen war es Josie!

Ich war total geschockt. Und einen verrückten Moment lang dachte ich, sie ruft an, weil sie mich jetzt doch in der Show haben wollen. Ich glaube, das hat sie gemerkt, denn sie erzählte mir schnell, die Show sei inzwischen im Kasten und werde nächste Woche ausgestrahlt.

»Ich fand es sehr schade, dass du vorher ausgeschieden bist«, sagte sie. »Die Entscheidung der Jury war in deinem Fall nicht einstimmig. Und …«, sie zögerte kurz, »… die anderen Jurymitglieder hatten leider nicht denselben Humor wie ich.«

»Diese Dummköpfe«, sagte ich.

Sie kicherte. »Na ja, Humor ist eben etwas sehr Persönliches. Aber eigentlich wollte ich dir erzählen, dass ich mich demnächst mit einem Freund treffe, der eine andere Art von Talentshow für Kinder plant. Eine, die vielleicht etwas mehr Pep hat. Darf ich ihm gegenüber deinen Namen erwähnen?«

»Äh, ja klar, auf jeden Fall.«

»Ich kann dir nichts versprechen. In dieser Branche ist alles möglich. Aber ich bin mir ziemlich sicher, dass er dich gerne kennenlernen würde.«

»Ich würde ihn auch gerne kennenlernen. Vielen Dank, Josie!«

Am Ende des Gesprächs fragte sie plötzlich: »Diese Frau neulich, das war nicht wirklich deine Mutter, oder?«

»Nein, nicht wirklich«, gab ich zu.

Josie fing an zu lachen. Als sie auflegte, lachte sie immer noch. Wenn das kein erstaunlicher Anruf war! Darum hab ich die ganze Geschichte auch sofort aufgeschrieben, liebes Tagebuch.

Ich bin jetzt auf der letzten Seite angekommen. Es ist kein Platz mehr für weitere Einträge. Meine Zeit ist abgelaufen und ich muss diese Bühne nun leider verlassen. Du warst ein tolles Publikum und ich würde dir gerne noch einen letzten Witz erzählen, doch mir schwirrt immer noch total der Kopf von dem Anruf gerade.

Kann es kaum erwarten, meinen Eltern davon zu erzählen. Aber zuerst werde ich meine Agentin anrufen.

Immer schön lächeln!

Luis, die Lachnummer

Pete Johnson wurde 1965 in Winchester/England geboren. Als er acht Jahre alt war, schrieb er einen Brief an die Schriftstellerin Dodie Smith (»101 Dalmatiner«), die er sehr bewunderte. Diese Brieffreundschaft dauerte zwanzig Jahre an, und Dodie Smith forderte Pete schließlich auf, selbst Bücher zu schreiben. Nach dem Studium an der Birmingham University arbeitete Pete Johnson jedoch zunächst als Filmkritiker für Zeitungen und beim Radio und wurde dann Lehrer für Englisch, Drama und Medienkunde.

Als er guten und mitreißenden Lesestoff für seine Klasse suchte und nichts finden konnte, was den Alltag seiner Schüler widerspiegelte, beschloss er, selbst Bücher zu schreiben. Mittlerweile ist Pete Johnson einer der bekanntesten und beliebtesten Autoren Großbritanniens und wurde für seine Kinder- und Jugendbücher mit zahlreichen Preisen ausgezeichnet.

Mehr über den Autor erfahrt ihr unter:
www.petejohnsonauthor.com